I0658115

Tha Cuimhn' Agam...

Tha Cuimhn' Agam...
Gaelic and English Writings by Malcolm Laing, 1888-1968

Compiled by Calum Laing

Ro-ràdh le Raghnall MacilleDhuibh

Tha Cuimhn' Agam...
Gaelic and English Writings by Malcolm Laing
1888-1968

First published in 2017 by
GRACE NOTE PUBLICATIONS
Grange of Locherlour Uachdar Thìre mu Chraoibh
Siorrachd Pheairt PH7 4JS, ALBA
Post-dealain: books@gracenotereading.co.uk
www.gracenotepublications.co.uk

LAGE/ISBN 978-1-907676-87-1

Copyright© Malcolm Laing trust, 2017
Ro-ràdh © Raghnall MacilleDhuibh, 2017

Collection compiled by Calum Laing
Foreword in Gaelic by Ronald Black

Edited and revised by Calum Laing & Christina J. McGonigle

Dedication to May Laing was added by Calum Laing in 2018

Tha Grace Note Publications fo chomain aig Catrìona Mhoireach
airson beachdan cuideachail a thoirt seachad

Chuidich Comhairle nan Leabhraichean am foillsichear
le cosgaisean an leabhair seo.

Tha clàradh CIP dhan leabhar seo ri fhaighinn bho
Leabharlann Bhreatainn

To my sister, May, who always encouraged me
to get our father's Writings published together in book form.

In 2005, she established the 'Reverend Malcolm Laing Memorial
Prize' to be awarded to students at the University of Aberdeen to
recognise academic achievement in the field of Celtic Studies.

May Normana Agnes Laing
1942–2017

Don fheadhainn a tha ag obair gu dìcheallach airson a'
Ghàidhlig a chumail beò mar chànan làitheil.

CLÀR-INNSE/CONTENTS

ENGLISH POEMS

ENGLISH SHORT STORIES

BIBLIOGRAPHICAL NOTES

TAING DON FHEADHAINN SEO

Bu thoigh leam taing a thoirt do Gonzalo Mazzei airson an leabhar agam fhoillseachadh. Do Christina McGonigle agus Catrìona Mhoireach a thug cuideachadh leis a' Ghàidhlig a chur anns an leabhar.

Do mo mhac, Donnchadh, a thug dhomh cuideachadh leis a' Bheurla anns an leabhar. Do mo bhràthair-cèile, Peadar Shackley, a rinn clàr-dùthcha de Uibhist, Beinn na Faoghla agus Barraigh. Taing do Iain Dòmhnallach airson a chuideachaidh a thug e dhomh tro na bliadhnaichean.

Do Raghnall MacilleDhuibh airson an *Ro-ràdh* a sgrìobhadh air na sgrìobhaidhean aig m' athair.

Taing cuideachd do Chomhairle nan Leabhraichean airson a' chuideachaidh a thug iad seachad.

Mar an ceudna, taing do mo bhean, Fiona, agus don teaghlach airson a' mhisneachaidh a thug iad dhomh cumail a' dol leis an leabhar seo.

RO-RÀDH

Air adhbhar air choreigin nach eil mi buileach a' tuigsinn, gabhaidh na sgrìobhaidhean Gàidhlig aig an Urr. Calum Laing an tomhas 'nam paidhrichean, agus sin mar a tha mi a' dol a thoirt iomradh orra an seo.

Gabhamaid an toiseach 'Clach air a Charn' agus 'Maighstir Dòmhnall'. Seo na h-eachdraidhean-beatha aig dithist air an robh Mgr Calum eòlach: an t-Oll. Urr. Seòras MacEanraig (1866–1912) á Cill Taraghlain, a bha 'na mhinistear ann an Eadrachaolais 's an uair sin 'na òraidiche ann an Ceiltis ann an Oilthigh Ghlascho, agus an t-Oll. Urr. Dòmhnall Dòmhnallach á Cnoc an Torrain, Uibhist a-Tuath (1855–1940), a bha 'na mhinistear ann an Tiriodh (sgrìobh mi fhìn mun dà bhliadhna a thug e san eilean sin anns an leabhar *The Gaelic Otherworld*) agus an uair sin, fad iomadh bliadhna, ann an Uibhist a-Tuath fhéin.

Agus 'na dheaghaidh sin, gun dealachadh ri eachdraidh fhathast, 'Seasaidh Bhaile Ràghnaill' agus 'An Toir Dualchas Buaidh?' Tha iad seo le chéile 'nan stòiridhean gaoil mu leannain òga ann an Uibhist a tha a' teicheadh còmhla a chionn 's gu bheil an té gu bhith air a pòsadh an aghaidh a toil ri duine nas sine nach eil a' còrdadh rithe. Tha sgeul Seasaidh aithnichte fada 's farsaing. Buinidh e dhan bhliadhna 1850, agus ann an 1989 thug Dòmhnall Èirdsidh Dòmhnallach nach maireann pàipear do Chomann Gàidhlig Inbhir Nis, 'The Balranald Elopement in Fact and Fiction', anns an tug e iomradh mionaideach air na thachair a réir litrichean agus aithrisean na cùirte. Tha e ann an leabhar 56 de *Thransactions* a' Chomainn, còmhla ri sia tionndaidhean den sgeul a chaidh a recòrdadh ann an Uibhist agus anns na Hearadh. Tha 'An Toir Dualchas Buaidh?' seataichte ann an Uibhist a-Tuath cuideachd, ach tha eadar-dhealachadh ann: an àite a bhith a' dol a dh'fhuireach a dh'Astràilia mar a rinn Seasaidh agus Dòmhnall, dh'fhan Màiri agus Alasdair ann an Uibhist agus tha Mgr Calum a' crìochnachadh: "Tha còrr is ceud bliadhna on a thachair e, ach tha e freagarrach gu leòr gun cumainn sgeul air, 's gun innsinn dhuibh a-nochd i. B' e bràthair mo sheanar laoch mo sgeòil. Oidhche mhath leibh."

Dé mu dheidhinn 'Leigheas gun Chungaidh' agus 'An t-Iongnadh bu Mhotha' a-nis? Uill, tha iad seo 'nan sgeulachdan math tradiseanta a dh'fhaodadh a bhith fìor neo ròlaisteach – té mu dheidhinn ministear, cailleach, buidseachd agus ùrnaigh, té mu dheidhinn fear a dh'fhalbh a shaighdearachd an aghaidh Napoleon, ach a thaobh cruth tha aon rud mór ac' ann an cumantas, agus se sin gu bheil gach té a' crìochnachadh le eirmseachd chainnte a tha a' dèanamh sgeul math cruinn dhith 's a' fàgail an leughadair riaraichte.

A' tighinn a-nis gu 'Bealach na Comraich' agus 'Thachair E', tha againn an seo dà sgeul fhìrinneach air an aon chuspair, an dearg chunnart a bha an lùib siubhal bho àite gu àite ann an làithean nach eil cho fada bhuainn. Ann am 'Bealach na Comraich' se gabhail air chois tron t-sneachda thar Bealach na Bà, pàirt dheth ann an dubh na h-oidhche, agus ann a 'Thachair E' se dol tarsainn na Fadhlach a-Deas le each agus cairt bho Bheinne Bhadhla gu Uibhist a-Deas ann an ceò. Tha an t-ùghdar a' cur am faclan dhuinn co ris a tha e coltach nuair a tha agad ri cumail a' dol nuair a tha do chorp ag éigheach: "Stad!" Agus co ris a tha e coltach nuair a tha sibh cho caillte 's gu bheil sibh a' leigeil a cheann leis an each, 's a tha an creutair gur toirt a-staigh do shàl a tha a' fàs nas doimhne. "Bha a' mhuir a' tighinn oirnn on iar 's on ear. Bha an ceò cho tiugh, dòmhail 's nach bu lèir dhuinn grunnd an adhair . . ."

Tha 'A' Chuairt Rìoghail' agus 'Is Math an t-Annlann an t-Acras' a' dèanamh paidhir cho inntinneach 's a tha san leabhar. Se th' againn ann an 'A' Chuairt Rìoghail' ach cunntas ro-làimh air an sgrìob a tha aig a' Bhanrigh Ealasaid agus Diùc Dhùn Éideann ri thoirt tro na h-eileanan air bòrd a' *Bhritannia* uaireigin anns na lethcheudan. Tha smuaintean air na h-eileanan 's am muinntir a' togail an rosg aig Mgr Calum gu ìre na bàrdachd. Mar sin tha an aiste seo a' dùsgadh cheistean air mar a dh'atharraich ar beachd air rìoghaileachd, air luchd-riaghlaidh 's air gach seòrs' ùghdarrais bho na lethcheudan. An àite bhith suimeil tha sinn amharasach. An àite bhith fad ás tha iadsan ro aithnichte. An àite bhith air cuairtean móra tha iad thugainn an-diugh agus bhuainn a-màireach. 'S car son a sgrìobhadh an t-ùghdar a leithid co-dhiù? Cha tuig an Teaghlach Rìoghail a' Ghàidhlig, 's air feadh nam bliadhnachan a bhiodh iad a' siubhal tro na h-eileanan as t-samhradh air bòrd a' *Bhritannia* bhiodh iad a' seachnadh nan daoine cumanta 's a' dol a dh'fhaicinn uaislean mar am Morair Granville. Mar sin, mas e propaganda a th' ann an 'A' Chuairt Rìoghail' tha e air amas air luchd na Gàidhlig fhéin leis an teachdaireachd gu bheil dlùth cheangal eadar am monarc 's an sluagh.

Ann an 'Is Math an t-Annlann an t-Acras' chan eil sinn a' seòladh tuath bho Shruth na Maoile gu Steòrnabhagh air bòrd a' *Bhritannia* ach an-iar bhon Chaol gu Port Rìgh air bòrd a' *Ghlencoe*. Agus chan ann an cuideachd Ealasaid agus Philip ach an cuideachd an ùghdair 's e òg agus seòladair Sgalpach a tha a' tilleadh dhachaigh á Astràilia son a' chiad uair ann am fichead bliadhna. Tha an Sgalpach ag innse dhan ùghdar mu eilean a bhreith 's àraich, mun latha bhrònach a dh'fhàg e e, mun t-saoghal mhór a chunnaic e, mun leannan a tha e 'n dùil a thoirt air ais a dh'Astràilia, agus mun bhiadh as fheàrr leis fon ghréin (sgadan saillte, mar tha sinn a' faighinn a-mach aig an deireadh). Seo uile 's iad aig an rèile, sùil an Sgalpaich daonnan an-iar, beanntan guailne na Comraich a' siolpadh seachad air an dara taobh agus baideil bheàrnach a' Chuilthinn air an taobh eile. Ach seallaibh briathran an ùghdair! Mas ann bàrdail a tha a chainnt ann an 'A' Chuairt Rìoghail', sann seachad air bàrdail a tha i sa chuairt seo. Chan fhaigh thu rosg Gàidhlig nas fheàrr an àite sam bith. Tha sinn a' leughadh le tlachd fàsail mu ullachadh a' *Ghlencoe* ri falbh on Chaol, mun gheimhleig leis a bheil fear na beairte a' cur nan 'rothan muilinn' air a cliathaich a chagnadh an t-sàile nuair a chluinneas e an clag, agus 'mu cheò liath-ghlas na mòna ag èirigh dìreach dha na speuran o thaigh air sliabh an siud 's an seo, mar rolagan clòimhe air a mìn chàrdadh'. Cuairt rìoghail? 'S fheàrr leam cuairt nan daoine latha sam bith.

'S iad 'Mac an t-Sionnaich' agus 'Am Fear a Chaidh do Heisgeir' an t-siathamh paidhir agam. Anns a' chiad fhear tha na bodaich cruinn agus thig an còmhradh mun cuairt gu fear Mac an t-Sionnaich a tha 'na thrustair marsanta ann a Hunndaidh. Bhiodh Mac an t-Sionnaich a' toirt a' char ás na h-eileanaich thruagh a bhiodh a' cur airgid thuige a dh'iarraidh na tha e a' tabhann cho saor. Chuir cuideigin a dh'iarraidh each-obrach nach teicheadh agus dé thàinig ach pònaidh Sealtainneach còmhla ri cairt a bha cho beag ri pram. Chuir cuideigin eile a dh'iarraidh crann-treabhaidh brèagha ùr 's cha robh an crann a thàinig 'na bu mhotha na clobha ceàrdaich'. Dh'iarr esan a chuid airgid air ais ach an àite sin chuir Mac an t-Sionnaich thuige, mar éirig, sìnteagan treabhaidh – 'dà shlabhraidh iarainn 's a h-uile failbheag dhiubh o cheann gu ceann nan cop 's nan cnapan meirge'.

Nach inntinneach an nota mun sgeul seo aig deireadh an leabhair. Chaidh a chraoladh air a' BhBC ann an 1959 agus chaidh Calum Òg a Hunndaidh sna seachdadan. "Rinn mi a-mach gur e am mac aig Mac an t-Sionnaich a bha ga ruith agus thuirt e gun robh athair beò fhathast aig aois ceud bliadhna agus a' fuireach ann an Obar Dheathain."

Coltach ri móran de na cinn san leabhar seo, tha 'Am Fear a Chaidh do Heisgeir' car lag 's mì-fhortanach mar thiotal. Chan eil e soilleir gun deach duine sam bith san sgeul a Heisgeir, agus ma chaidh, dé mu dheidhinn? Bha mu fhichead teaghlach air an eilean aig an àm sin. Ach a-rithist tha eileamaidean san iomradh seo air Rob, nàbaidh a bh' aig teaghlach an ùghdair nuair bha e òg, de chòmhradh an taigh-chéilidh. Leithid na ceist: "A bheil cuimhne agadsa cuin a bu toilichte a bha thu?" Agus tha freagairt am beul gach duine. Neo an rud a chanadh Rob: "Is taomanach an t-sealg; is trèigsinneach an t-iasg; ach ge b' e ghreachaideas gu math an talamh, cha do dh'fhàg e fear falamh riamh." Chan e taigh-céilidh a bha seo ge-tà ach eathar anns an robh na fir a' dol a-mach a thogail nan cliabh. Cha robh an t-ùghdar ach deich aig àm na sgeòil, ach 'bha na h-iasgairean ag obair 's a' còmhradh, 's mise ag èisteachd 's a' ceasnachadh'. Agus tha aon de na sgeulachdan mu Rob a' cur Mac an t-Sionnaich an cuimhne dhomh. Tha e tilleadh á iasgach Cheann Phàdraig, ach chan eil de dh'airgead aige ach na phàigheas am faradh trèana gu Port an t-Sròim. Mar sin ged a gheibh e air bòrd an *Lochiall* chan urra dha am faradh a phàigheadh 's tha fear an sporain ag ràdh nach bi e air a leigeil air tìr idir ann an Loch nam Madadh. Ach nuair tha am bàta lethcheud slat on laimhrig tha e a' leum thar bòrd 's a' snàmh gu cladach! Chuireadh sgoilearan beul-aithris 'Mac an t-Sionnaich' agus 'Am Fear a Chaidh do Heisgeir' dhan aon bhogsa, bogsa mór a tha comharraichte 'trickster tales'.

An dà sgeul Ghàidhlig mu dheireadh 's iad 'Mo Sgoil, mo Chompanaich 's mo Chù' agus 'Cuireideas Cùirte'. Chan è gu bheil dad aca ann an cumantas! Chan eil ann ach nach eil gin eil' air fhàgail. Anns a' chiad fhear tha an t-ùghdar ag innse gu sònraichte mu chù air leth comasach a bh' aige 'na òige. B'e Help an t-ainm a bh' air seach gum b'e siud an aon fhacal Beurla a thuigeadh e. Ann an 'Cuireideas Cùirte' tha sgeulachdan á Cùirt an t-Siorraim ann an Loch nam Madadh. 'S toil leam an stòiridh mun t-siorram Ghallda, neo Shasannach, a tha toirt air Aonghas mac Nèill 'ic Aonghais á Loch a' Chàrnain am mionn a ghabhail. Tha an t-eadar-theangair a' mìneachadh do dh'Aonghas gu bheil aige ri a làmh dheas a thogail agus a h-uile facal a ràdh mar a their an Siorram e. Tha an Siorram a' tòiseachadh "I swaya . . ." agus tha Aonghas ag atharrais "I swaya . . . !" Tha an Siorram agus gach duin' eile ann an Taigh na Cùirte ach Aonghas a' dol ás an craiceann a' lachanaich.

Ann am faclan eile, b' aithne do Mhaighstir Calum an innse. Ach bu toil leam aon phuing a-mhàin a thogail mu dheidhinn stoidhle. An-dràsta 's

4

a-rithist tha e a' cleachdadh *alliteration* gu ìre a tha car neònach ri'r cluais an-diugh, leithid: "Crathaidh còmhlan air gach carraig an àird brèidean brèagha le beannachd an àigh fhad 's as lèir dhaibh an long." An-diugh bidh sgrìobhadairean math a' seachnadh seo ann an rosg, agus ma chì iad e a' tachairt gu tubaisteach (!) atharraichidh iad facal no dhà air eagal 's gum bi coltas faoin air na tha iad a' cur an céill. Ach anns na bliadhnachan eadar an dà chogadh bha urracha-móra a' Chomuinn Ghàidhealaich an tòir air cruth-litreachais ùr Gàidhlig aig an robh freumhan follaiseach anns na seann sgeulachdan agus a bha letheach-shlighe eadar bàrdachd agus rosg, agus bha iad a' faicinn *alliteration* ann an rosg 'na rud math a bha (am measg eile) a' brosnachadh sgrìobhadairean gu stòras beartach bhriathran a bhith 'nan ceann. Gu dearbh gabhaidh a ràdh gun robh barrachd ùidh aca ann am briathran na ann an ciall. Sin fasan a bha dol aig an àm, agus 's cinnteach gun aontaich leughadairean an latha an-diugh gur ann as fheàrr a tha an sgrìobhadh aig Mgr Calum an uair a bhios e ga sheachnadh!

Sin agaibh seachd paidhre sgrìobhaidhean ma-thà, ach tha paidhrichean eile san leabhar a bhios feumail do luchd-ionnsachaidh na Gàidhlig. Mar a tha Calum Òg ag innse dhuinn sna notaichean aige, sgrìobh athair cuid a sgeulachdan san dà chànain. Se 'Donald and the Drovers' a' chiad phàirt de 'Thachair E'. Se 'Dougie's Brose and Bonaparte' an aon sgeul ri 'An t-Iongnadh bu Mhotha'. Se 'Nut-brown Morag' an dara pàirt de 'Thachair E'. Se 'Witchcraft-wise' an aon sgeul ri 'Leigheas gun Chungaidh'. Agus tha cuimhneachain Mhgr Chaluim air 'Seoc an Òir' agus a mhac Uilleam Moireasdan (Morair Dhùn Rosail) ann am 'Mo Sgoil, mo Chompanaich 's mo Chù' a' nochdadh a-rithist ann am 'Memories'.

A' tighinn a-nist chun na bàrdachd Ghàidhlig a th' anns an leabhar seo, 's a' gabhail gach pìos mar a thig, their mi seo an toiseach: ma théid cruinneachadh de dhuain Challaig a chur ri chéile uair sam bith (reiceadh rud mar seo gu math mar leabhar beag grinn do stocainn na Nollaig) cha bu chòir an 'Duan Callaig' aig ar n-ùghdar a dhìochuimhneachadh. Tha e a' cur an céill gach nì a bu mhath leinn uile a thighinn ar rathad anns a' bhliadhna a tha romhainn, leithid "Tàmh na h-oidhche dhut cho sàmhach, / Ceòl a' chuain nad chluais gad thàladh; / Com gun ghalar 's cridh' làn gàire, / Grian a-màireach dhut air fàire."

Tha 'An Luchag Ghlas' de dhiofar ghnè buileach: tha e cho mì-chneasta 's nach eil pàrant ann an-diugh a leughadh ri leanabh e. Se th' ann an 'Òran-Molaidh Mnà' ach valentine do bhean an ùghdair. Tha 'Òran' dibhearsaineach air sgàth 's mar a tha am bàrd a' dol an sàs cho suigeartach anns na crìochan-loidhne trì-lideach a tha tighinn an cois an rogha fuinn aige, 'Cabar Féidh' – blast' aige, *arteries*, machraichean, Paterson, 's an leithid. Tha 'Òran do Phrionnsa Teàrlach' math: dh'fhaodadh e a bhith air a dhèanamh aig àm sam bith eadar 1746 agus 1946, ach 's dòcha nach iarradh bàrd fireann 'sùgradh leannain' on Phrionnsa 's nach bruidhneadh bana-bhàrd air a bhith 'nam shìneadh san fhraoch', oir anns na h-òrain thradiseanta, mur eil mi air mo mhealladh, siud cleachdadh nam fear a-mhàin!

'S toil leam na h-òrain shunndach do dhiùlnaich a' Chomuinn Ghàidhealaich, Seòras Marjoribanks agus Calum MacLeòid. Tha 'An Geamhradh' dìleas do dhualchas bàrdachd nàdair na Gàidhlig, ach gu bheil mi fhìn ag ionndrainn 'aicill', an comhardadh a tha a' ceangal deireadh a h-uile dàrnacha sreath ri meadhan a h-uile dàrnacha sreath eile. Ann a 'Tha Cuimhn' Agam . . .' tha Mgr Calum a' feuchainn a làmh air meadrachd shaor. Tha e cuideachd a' cluiche ri meadrachd shaor san rann mu dheireadh den ath dhàn nàdair aige, 'Sgiathan na Maidne'. Tha an 'Laoidh Nollaige' aige math, agus saoilidh mi fhìn gur e th' anns a' phìos Ghàidhlig mu dheireadh san leabhar, 'Ùrnaigh Fheasgair', ach dàn cho math 's a rinn e riamh. Tha an t-sìmplidheachd aige gar tilleadh làn a' chearcaill gu cainnt an 'Duain Challaig'.

> *Thoir an aire dhuinn a-nochd;*
> *Dìon is glèidh sinn o gach olc;*
> *Cùm gach cunnart fada bhuainn;*
> *Socair, sìthcheil biodh ar suain.*

Raghnall MacilleDhuibh, 2017

6

FACAL-TOISICH

Eachdraidh-beatha Ghoirid An Urr. Calum Laing

Rugadh m' athair ann an Cnoc an Torrain, Uibhist a Tuath air an t-7mh latha dhen Chèitean, 1888. B' e an sloinneadh aige Calum mac Raghnaill 'ic Chaluim 'ic Raghnaill 'ic Iain 'ic Anndra 'ic Mhaighstir Seon, neo John Laing mar a chanas iad ris anns a' Bheurla. 'S e Maighstir Seon a' chiad Laing a bha a' fuireach ann an Uibhist. 'S ann an 1712 a bha seo agus thàinig e comhla ri a bhean Anna, an nighean aig Seumas MacGriogair. Tighearna Chill Fhinn, àite faisg air Obar Pheallaidh.

Nuair a dh'fhàg e *Kings College* ann an Obar Dheathain ann an 1693 le MA, chaidh e na thaoitear gu Anna NicGhriogair. Thuit iad ann an gaol agus theich iad gu Dùn Èideann, far an do phòs iad agus chaidh iad a dh'fhuireach a Lìte. Bha sin ann an 1696 agus bha Tormod MacLeòid, an dàrna mac aig MacLeòid Dhùn Bheagan a' fuireach còmhla riutha agus bha Maighstir Seon ga theagasg. Aig an àm sin bha a' chlann bu shine aig na cinn-chinnidh rin teagasg ann am Beurla air a' Ghalltachd, air sàillibh nan *Statutes of Iona*, 1608. Chaidh e an uair sin ann an 1701 gu bhith na mhaighstir-sgoile ann an sgoil a bha aig MacLeòid Dhùn Bheagan ann an Roghadal anns Na Hearadh. Bha iad an sin gu 1712 agus an uair sin chaidh iad gu Uibhist a Tuath. Rugadh am mac Anndra ann an 1715 agus tha na Laings uile ann an Uibhist a' tighinn bho Anndra. Mar sin canaidh iad "Clann Anndra" ris na Laings ann an Uibhist. Tha an t-ainm "John Laing, Schoolmaster, Ashdail" ann an Leabhar Màil Uibhist a Tuath airson 1718.[1]

'S e Raghnall (1851–1921) agus a mhàthair Anna NicDhòmhnaill (1855–1926) a Hòmhsta, Uibhist a Tuath. Phòs iad ann an 1884 agus bha naoinear anns an teaghlach aca, triùir nigheanan agus sianar ghillean. B' e Calum an treas duine.

Bha bùth aig athair Chaluim aig taobh an taighe ann an Cnoc an Torrain. A bharrachd air a bhith a' reic biadh, bhiodh e cuideachd a' reic a h-uile sìon a dh'fheumadh daoine anns a' choimhearsnachd. Bhiodh e a' ceannach uighean bho na daoine agus gan reic anns a' bhùth no gan cur

---

[1] Faic Footnotes airson *A Short Biography of the Rev. Malcolm Laing.*

gu tìr-mòr airson an reic an sin. Mar sin bhiodh e a' cur eòlais air mòran dhaoine às an àite nuair a bha e a' fàs suas.

Faisg air an taigh bha locha bheag, Loch Sanndaraigh, far am biodh e ag iasgach bho bhòrd an locha on a bha e òg. Dh'fhàg sin e dèidheil air a bhith ag iasgach fad a bheatha. Nuair a bha e aois sgoile, chaidh e gu Sgoil Phaibeil ann an Ceann a' Bhàigh, agus nuair a bha e ceithir deug, gu Acadamaidh Rìoghail Inbhir Nis ann an 1902. Tha an stòiridh aige, *Is Math an t-Annlan an t-Acras*, mu thuras a bha aige a' tighinn dhachaigh às dèidh bliadhna, a' seòladh bhon a' Chaol anns a' *Ghlencoe* agus an Sgalpach a bha a' tilleadh à Astràilia às dèidh fichead bliadhna. Ann an 1903 chaidh e gu Àrd-sgoil Chinn a' Ghiùthsaich. Aig an àm ud bhiodh pàrantan às na h-eileanan a' cur nan gillean aca an sin ma bha dùil aca a dhol a-steach airson dreuchd na ministrealachd. Bha bursaraidh ann airson sin. Ann an sin fhuair e *Leaving Certificate* ann am Beurla, Laideann, Greugais agus Matamataig. Cha robh teisteanas ann airson Gàidhlig gu 1924.

Ann an 1906 chaidh e gu Oilthigh Ghlaschu far tug e mach ceum MA. Bha Gàidhlig agus Eòlas Ceilteach am measg nan cuspairean a rinn e. 'S e Seòras MacEanraig, sgoilear mòr ann an Gàidhlig, a bha ga theagasg. Tha an sgeul a sgrìobh e, *Clach air a Chàrn*, mu bheatha Sheòrais MhicEanraig. An uair sin rinn e dà bhliadhna ann am Facultaidh Diadhachd airson dreuchd na ministrealachd a thoirt a-mach.

Ged nach robh aig feadhainn ann an dreuchd na ministrealachd ri dhol dhan Chogadh Mhòr, chaidh Calum dhan arm ann an Rèisimeid Earra-Ghàidheal agus Chataibh ann an 1915 agus bha e ann am Peairt gus an do dh'fhàg e anns an Ògmhios 1917 air sgàth gun deach e ghairm gu coitheanal ann an Eaglais na h-Alba.

Chaidh e gu coitheanal Eaglais na h-Alba air a' Chomraich anns an Iuchar, 1917. Ann an tè dhe na sgeulachdan a sgrìobh e airson a' BhBC bliadhnaichean às dèidh sin, tha e ag innse mar a choisich e bhon Chomraich tarsainn Bealach na Bà gu Loch Carrann airson seirbheis a ghabhail anns an eaglais an sin. 'S ann anns a' gheamhradh 1919, a bha sin agus bha sneachd mòr ann. Sin a' bhliadhna cuideachd a bha an Asian Flu ann agus bha feadhainn air bàsachadh leis ann an Loch Carrann.

Anns a' bhliadhna 1926 ghluais e gu Eaglais na h-Alba ann an Uibhist a Deas.

'S e Oifis a' Phuist an taigh a b' fhaisge air a' mhansa ann an Stadhlaigearraidh agus bha Oifis a' Phuist gu math cudromach aig an àm ud. Mar sin bhiodh e ann gu math tric ann agus dh'fhàs e eòlach air muinntir Oifis a' Phuist agus Màiri Catrìona, an nighean aig Eòghann agus Anna NicRuairidh. Cha robh a h-athair beò; dh'eug e ann an 1924 agus 's e a màthair agus a piuthar a bha a' chumail Oifis a' Phuist anns an àite. Bha Màiri a' teagasg ann an Sgoil Dhalabroig agus bhiodh i dhachaigh deireadh gach seachdain, agus mar sin dh'fhàs iad eòlach air a chèile. Phòs iad anns a' bhliadhna 1928.

Bha seachdnar chloinne aca, ceathrar nighean agus triùir ghillean, nuair a bha iad ann an Stadhlaigearraidh. 'S e Anna, Eòghann, Màiri, Raghall, Calum, Cairistiona agus May na h-ainmean aca agus b' ann an uair a bha e ann an Uibhist a Deas a sgrìobh e a' chuid bu mhotha dhen bhàrdachd a rinn e.

Chaidh a' bhàrdachd Ghàidhlig fhoillseachadh anns A' Ghàidheal agus anns Na Duilleagan Gàidhlig aig an Life and Work.

Bha an fheadhainn Bheurla anns an Life and Work agus Chambers's Journal. Bha fear mu iasgach anns am Fishing Gazette agus fear mu gheamair anns an Shooting Times.

Tha sin a' sealltainn cho farsaing 's a bha cuspairean na bàrdachd aige. Feadhainn a bha spioradail agus domhainn is feadhainn eile a bha aotrom agus èibhinn, ach bha iad uile làn dòchais.

Bha ùidh mhòr aige ann am beul-aithris an àite agus tha deagh chuimhne agam, an uair a bha mi òg, Donnchadh MacDhòmhnaill 'ic Dhonnchaidh à Peighinn nan Aoireann a bhith san taigh againn ag innse tè dhe na sgeulachdan mòra aige, a thug oidhche no dhà ga h-innse. Thug m' athair cuideachadh do K C Craig, à Oilthigh Dùn Eideann, nuair a bha e a' cruinneachadh beul-aithris ann an Uibhist. Chruinnich K C Craig sgeulachdan bho Dhonnchadh agus bha aige rin sgrìobhadh le làimh oir cha robh uidheam-clàraidh aige. Dh'fhoillsich e leabhar dhe na sgeulachdan aig Donnchadh, Sgialachdan Dhunnchaidh ann an 1944. Sgrìobh e cuideachd leabhar air an robh Òrain Luaidh Màiri Nighean Alasdair Ruaidh sa chruinneachadh a rinn e dhe na h-òrain aig Màiri.

Dh'fhoillsich e an leabhar ann an 1949 agus tha e a' ràdh gun tug e seachd bliadhna o thòisich e air an obair. Bha Màiri a' fuireach ann an Snaoiseabhal, a bha gu math faisg air Peighinn nan Aoireann.

Ged a bha e na Mhinistear ann an Eaglais na h-Alba, bhiodh e a' tadhal anns a h-uile taigh anns an sgìre, caitligeach agus pròstanach. 'S e JP a bha ann cuideachd agus bhiodh e a' sgrìobhadh tòrr litrichean às leth dhaoine anns an sgìre co-cheangailte ri peinnseanan, tiomnaidhean, teisteanasan agus tòrr rudan eile. Aig an àm ud cha robh gin dhe na buidhnean ann a tha ann an-diugh airson daoine a chuideachadh.

Aig àm a' chogaidh bha Uilleam Tawse a' tearradh nan rathaidean ann an Uibhist agus ann am Beinn na Faoghla agus bha campa aca ann an Groigearraidh, mu leth mhìle on mhansa. Fhuair e obair an sin a' coimhead às dèidh còraichean an luchd-obrach. Tha sinn an-diugh a' cluinntinn tòrr mu mhuilnean-gaoithe airson dealan a chruthachadh, ach aig àm a' chogaidh fhuair m' athair muileann-gaoithe beag. 'S e pòla, beagan nas lugha na pòla teilefòn a bh' ann, le propeilear agus daineamo 12bholt air a' mhullach. Bha uèir ga cheangal le bataraidh anns an taigh. Chuir fear às a' champa solas ann am feadhainn dhe na rumannan. Suarach cho math 's a dh'obraich e oir bha e an crochadh air a' ghaoith.

'S e cur-seachad a bh' aige a bhith ag iasgach air na lochan, agus bha geòla aige air Loch Druidibeag a bha faisg air a' mhansa agus tha deagh chuimhne agam a bhith a-muigh còmhla ris agus feadhainn eile dhen teaghlach. Bhiomaid a' glacadh tòrr bhric agus gan toirt seachad anns a' bhaile. Bhiodh sinn cuideachd a' dol air na mòran eileanan a bha air an locha. Bha ùidh aige cuideachd ann an nàdar agus bhiodh e a' sealltainn dhuinn lusan agus eòin agus ag innse nan ainmean aca. Rinn e geòlas mar phàirt dhen chùrsa aige anns an oilthigh agus bhiodh e a' sealltainn dhuinn diofar sheòrsaichean chlachan. Bhiodh e cuideachd a' faighinn cothrom uairean iasgach air lochan far an robh bradain agus bric gheala.

Ghluais e gu Eaglais na h-Alba ann an Alanais, Siorrachd Rois anns a' Ghearran 1947. Bha an teaghlach a' fàs suas agus bha an triùir a bu shine dhen teaghlach a' dol dhan Eilean Sgitheanach gu Àrd-sgoil Phort Ruighe agus chan fhaigheadh iad dhachaigh ach trì tursan sa bhliadhna. Bha e airson gum b' urrainn a' chlann faighinn dhachaigh às an àrd-sgoil a h-uile oidhche agus b' urrainn iad sin a dhèanamh ann an Alanais. Cha robh Àrd-sgoil Inbhir Pheofharain ach deich mìle air falbh, agus b' urrainn dhaibh Gàidhlig a dhèanamh an sin cuideachd.

Ged a bha e ag ionndrainn Uibhist agus nan lochan far am biodh e ag iasgach, bha e sona ann an Alanais, oir 's e àite gu math Gàidhealach a bh' ann agus bha beagan Gàidhlig anns an àite fhathast. Bha paraiste Alanais na bu lugha ann am farsaingeachd, ach bha an coitheanal na bu mhotha agus bha a' chuid a bu mhotha a' fuireach anns a' bhaile, agus an àite chroitean bha tuathanasan mòra.

'S ann aig an àm seo a thòisich e a' sgrìobhadh agus a' craobh-sgaoileadh sgeulachdan goirid dhan BhBC. Bha iad còig mionaidean deug a dh'fhaid agus rinn e ceithir deug eadar 1954 agus 1967. Sin na sgeulachdan a tha anns an leabhar seo. Sgrìobh e cuideachd ann an 1952 an *Third Statistical Account* airson sgìre Alanais. Sgrìobh e dà stòiridh Bheurla a chaidh fhoillseachadh anns an *Chambers' Journal.*

Leig e dheth a dhreuchd anns an Iuchar ann an 1967 an dèidh leth-cheud bliadhna a chur seachad ann an Eaglais na h-Alba na Mhinistear. Chaochail e anns a' Mhàrt 1968 agus tha e air adhlacadh anns a' chladh ri taobh seann eaglais na sgìre ann an Alanais. Chaochail a bhean, Màiri, a thug mòran cuideachaidh dha ann an obair a na paraiste anns an t-Samhain, 1970 agus tha i air a h-adhlacadh ri a thaobh anns a' chladh ann an Alanais.

Calum Laing, 2017

Malcolm Laing and his sister Peggy with friend's car outside manse. Circa 1927.

Mgr. Calum agus a phiuthar, Pèigi, aig taobh a' mhansa agus caraid ann an càr. Circa 1927.

Malcolm and wife Mary going fishing. Circa 1928.

Mgr. Calum agus a' bhean, Màiri, a dol a dh' iasgach. Circa 1928.

Malcolm Laing with local woman spinning on a home made spinning wheel using a bicycle wheel. Circa 1930s.

Mgr. Calum a' coimhead air tè a' snìomh air cuibheall-shnìomh a tha a' cleachdadh roth baidhsagal. Circa 1930s.

The Laing family in the manse garden:
Back row: My father, my mother with Christine in her arms.
Middle row: Mairi, Anna and Eoghann.
Front row: Calum and Ronald.

An teaghlach ann an gàrradh a' mhansa. Circa 1940.

Malcolm Laing with local children doing a sack race in the glebe of manse. Circa1930s.

Mgr. Calum comhla le clann a' dèanamh rèis a' phoca anns a' ghlìob. Circa 1930s.

Malcolm and wife Mary outside Dalmore cottage, Alness, after he retired,1967.

Mgr. Calum agus a' bhean, Màiri, aig an taigh aca, às dèigh a dhreuchd a' leigeil seachad ann an 1967.

INTRODUCTION

A Short Biography of The Rev. Malcolm Laing

My father, Malcolm Laing, was born at Cnoc an Torran, North Uist on 7th May, 1888. His genealogy was Calum mac Raghnaill 'ic Chaluim 'ic Raghnaill 'ic Iain 'ic Andra 'ic Mhaighstir Seon. Maighstir Seon was John Laing, the first Laing to live in Uist. The name John Laing, schoolmaster, Ashdail appears in the North Uist estate rent book in 1718. He was probably from Caithness and graduated from King's College, Aberdeen in 1693.[1] As he grew up in Caithness, we can assume that John was at least familiar with Gaelic and would probably have spoken it. In the Second Statistical Account of Caithness for the Parish of Halkirk, 1840, The Rev. John Munro writes: "The Gaelic language and the Scots dialect of English are spoken in the parish. A considerable majority of the old people speak the Gaelic; but there are not many of the young people who cannot speak the Scotch, which is acknowledged, prevails now more than it did thirty or forty years ago." This was written nearly a hundred and eighty years after John Laing was born.

After he graduated, John then went to tutor Ann MacGregor, the daughter of James MacGregor, laird of Cill-fuinn near Aberfeldy, another Gaelic speaking area at the time. He fell in love with her and they eloped to Leith, where they were married. In 1696 it appears that Norman MacLeod, second son of the Chief of the MacLeods of Dunvegan, was boarding with them and being tutored by John Laing.[2] Because of the Statutes of Iona, Clan chiefs and Principal Clansmen had to have their children educated in English in the Lowlands.

---

[1] Source *Notes on North Uist Families*, William Matheson, *Transactions of the Gaelic Society of Inverness. Volume LII*. 3rd November 1982, pages 347, 348.

[2] Source 1 and *The Accounts of a Doer, Alexander MacLeod, The 'Advocat'*, Alick Morrison, *Transactions of the Gaelic Society of Inverness. Volume L*. 4th March 1977, pages 117, 148.

"Statutes of Iona,[3] 1608, 1609 and 1616. These were the acts with which James VI and I, acting through his Privy Council, struck a devastating blow to the Gaelic language when he classified the Bards, who were really the custodians of Gaelic culture, as vagabonds, and decreed that Highland Chiefs should not receive them but banish them from their territory. It was also decreed that Chiefs and Principal Clansmen must send their children above 9 years of age to be taught in the Lowlands in English. The Gaelic language was referred to as Irische as part of the denationalising propaganda and they now referred to Inglishe as Scots."

John and Ann then went to Harris for him to be the first schoolmaster in the parochial school in Rodel in Harris, which the MacLeods owned. He first appears there in the MacLeod records in 1701 and last appears there in the records in 1712.[4] They must then have gone to North Uist, which they would probably have been able to see from Rodel. John and Ann's son, Andrew, was born in 1715 and all known Laings in Uist are descended from him and are known in Gaelic as *Clann Andra*.[5] John Laing, who was born sometime after 1660, died in 1740 in North Uist.

Malcolm Laing's father was Ranald (1851 – 1921) and his mother was Anne MacDonald (1855 – 1926) from Hosta in North Uist. They were married in 1884. Malcolm was the third in a family of nine, three girls and six boys. His father had a shop, beside the house at Cnoc an Torran, where he sold groceries and many other things necessary for a crofting community. He would also buy products like eggs from some of his customers, some of which he would sell in the shop and the rest he would send to the mainland to be sold there. It was a very busy shop and Malcolm would have got to know many of the people in the district and hear their stories when he was growing up. Near Malcolm's home there was a small loch, Loch Sanndaraigh, and he would have fished from its bank when he was quite young. That left him with a love of fishing for the

---

[3] Source *The Accounts of a Doer, Alexander MacLeod, The 'Advocat'*, Alick Morrison, *Transactions of the Gaelic Society of Inverness*. Volume, L. 4th March 1977, pages 111, 112, 113.

[4] Sources 1 & 2.

[5] Source 1.

rest of his life. He went to the local school, Bayhead, until he was fourteen years old and then continued his education at Inverness Royal Academy in 1902 for a year.

In his Gaelic story in this book, *Is Math an t-Annlan an t-Acras,* (Hunger is the Best Condiment), he describes his first journey back home to Uist from Inverness after a year. He sailed from Kyle of Lochalsh on the *SS Glencoe,* and on board he met a man from Scalpay going home after twenty years in Australia. They had to break their journey in Portree and stay in a boarding house until the next day to catch the ferry to Lochmaddy. In addition to his description of the voyage, the scenery and the boat, Malcolm tells of the 'Scalpach" (man from Scalpay) who hadn't eaten herring for twenty years and kept asking for more and more herring until he couldn't eat any more.

In 1903 Malcolm went to Kingussie High School. At that time there were bursaries for pupils from the Highlands and Islands who intended to join the ministry and were attending Kingussie High School. There he obtained Leaving Certificates in English, Latin, Greek and Mathematics. At that time there was no Leaving Certificate for Gaelic. That certificate did not come in until 1924.

In 1906 Malcolm went to Glasgow University to study for an MA degree and among the subjects he studied were Gaelic and Celtic Studies. His lecturer there was George Henderson. In my father's story, *Clach air a' Chàrn,* he gives a brief account of his lecturer's life. George Henderson was born in Glen Affric in Inverness-shire and became one of the most knowledgeable scholars in Gaelic. George Henderson started his higher education with a degree from Edinburgh University, and then gained a B.Lit. from Oxford University. After Oxford, Henderson went to Europe and learned German, French and Norse. He then studied at Berlin and Leipzig Universities and then received a PhD from the University of Vienna. After receiving his degrees, Henderson did two years in the Faculty of Theology in Edinburgh to qualify him for the ministry. He then became a Church of Scotland minister in the North of Scotland before becoming a lecturer in Gaelic and Celtic Studies at Glasgow University in 1906. He died only six years later at the age of 46 in 1912. My father received his MA degree from Glasgow University the same year. While at University, he played shinty for the University. He then did two years in the Faculty of Theology in the University to qualify for the ministry in 1914.

Although ministers who were licensed to preach did not have to serve in the First World War, he nevertheless joined the Argyll and Sutherland Highlanders Regiment, and served between 1915 and 1917. He wasn't sent to the front but served all his time in Perth.

He was called to the Church of Scotland congregation of Applecross in July 1917. In one of his stories, *Bealach na Comraich,* which he wrote for the BBC many years later, he tells of the time he walked from Applecross over Bealach na Bà to Lochcarron in heavy snow to declare a church vacant there. It was the winter of 1919, the year of the Asian flu, and he tells how some people in Lochcarron had died with it. He then describes his journey back to Applecross along the coast, part of which was by boat.

In 1926, he moved from Applecross to the Church of Scotland in the parish of South Uist. The manse was in Stadhlaigearraidh and the Post Office was the next house to it. Post offices were very important in those days and he would have used it a lot through his work. He got to know Mary Catherine MacRury, the daughter of the postmistress Anne MacRury. Mary was teaching in Dalabrog School in South Uist and she would often meet Malcolm at weekends, when she was back at home. They fell in love and were married in Edinburgh in August 1928. Malcolm and Mary had a family of four girls and three boys, all of whom were born while they were in Stadhlaigearraidh, myself included.

It was when my father was in Uist that he wrote most of his Gaelic and English poetry. The Gaelic ones were published in *Am Gàidheal,* the monthly magazine of An Comunn Gàidhealach, and the *Duilleagan Gàidhlig* of the *Life and Work,* the monthly magazine of the Church of Scotland. The English ones were published in the *Life and Work* and *Chambers's Journal.* There were two about fishing published in the *Fishing Gazette* and one about a gamekeeper published in the *Shooting Times.* The poems show how wide the subjects of his poetry were. Some were deep and spiritual, others light-hearted and humorous, but they were all full of hope.

He also had great interest in the folklore of Uist. I well remember when I was young, Duncan Macdonald, the great story teller from Peighinn nan

Aoireann who lived about three miles from us, being in our house telling one of his historic tales that lasted a night or two. Duncan's tales were recorded by K. C. Craig, who I remember going about on his bicycle with a small engine on the back wheel. He was a Gaelic folklore collector from Edinburgh University, who collected Gaelic folktales and songs in Uist between 1942 and 1945. He didn't have recording equipment, so he had to write them down by hand. K. C. Craig published two small books, one of Duncan Macdonald's tales, *Sgialachdan Dhunnchaidh*, and another one of walking songs, called *Orain Luaidh,* collected from Mairi Nighean Alasdair from Saoisbheal, near Duncan's home. K. C. Craig was sadly killed in the Skopje earthquake in Macedonia in 1963 while researching early Celtic languages.

The majority of the population of South Uist were Roman Catholic, with at least three priests on the island. Malcolm would get to know many of them well and ceilidh on them. For a time, he was one of the councillors representing South Uist on Inverness County Council. He was also a Justice of the Peace and he wrote letters for people, whether they were his parishioners or not. These related to pensions, wills, references and many other things. At that time, there were few of the advice services that we have today.

During the war he also acted as a welfare officer at the camp nearby at Greogarry, which the company William Tawes had for their workers when they were improving and tarring all the roads in Uist and Benbecula.

My father, as I've said, was a very keen fly fisher and fished the many lochs in the Uists. He would often be asked by visiting fishermen about the best lochs for fly fishing and the best flies to use. He also had a boat on Loch Druidibeag, the large loch beside the Stadhlaigearraidh manse, and one of my early memories is being in the boat fishing with him and my siblings and going ashore on many of the small islands on the loch. He was very interested in nature and he would tell us about the birds and the flowers we saw on these fishing trips. I remember him telling us that you got a substance called *Digitalis,* for treating heart conditions, from the plant *Foxglove.* One of his subjects at university was geology and he would tell us about the different rocks on the islands. He was also very musical and he used to play dance tunes on the melodeon. This also shows how broad-minded he was.

He was also very forward thinking, and in the early 1940s he installed a wind-powered electricity generating system, made by a firm in Glasgow. It consisted of a propeller, a vane and a 12-volt dynamo mounted on top of a wooden telegraph pole. Wires connected the dynamo to storage batteries in the house. Some of the downstairs rooms were wired for electric light. It wasn't very successful, as the strength of the wind was very variable and the batteries did not have enough storage capacity.

By the time the Second World War was over, the family was growing up, and the three eldest children were already away in Portree High School on the Isle of Skye and could only get home three times a year. He didn't want all the children to have to stay away from home to attend secondary school, so he decided to move to a parish on the mainland where that wasn't necessary. In February 1947, he moved to be the minister of Alness Parish in Ross-shire. The three older children were able to attend Dingwall Academy, which was only ten miles away, and they could also study Gaelic as a subject there.

Alness was very different from South Uist. It was smaller in area but had a bigger congregation. Most of them lived in the town and the rest them lived and worked on the fertile farms in the parish. As in Uist, there was a glebe with the manse, and to begin with we kept a cow for milk and hens for eggs to eat and sell.

However, he missed Uist, where he had lived in a community whose everyday language was Gaelic and where he also preached mostly in Gaelic. I am sure he also missed the fantastic fishing lochs. Alness had only one loch in the parish and a fast-flowing river, the Averon, running through the town. It had plenty of fish but he wasn't used to river fishing. However, he was to spend twenty happy years in Alness. The place was fairly *Gàidhealach*, with most of its place names in the parish from Gaelic, and there were still a few people with Gaelic in the area. He got to know most of the people in the parish whether they went to his church or not.

When we first moved to Alness there was a camp for Polish officers who had fought with Britain in the Second World War and decided to stay after the war. He and my mother, Mary, were employed there for a year or so teaching them English. I remember some of them being in the manse on Sunday evenings. I still have two books that we were given as boys and also a painting of a local scene that was given by one of them to my parents. Later on my father was also chaplain to the RAF Marine Craft Unit based in Alness and one or two of their members would also be in the manse on Sunday evenings.

It was at this time that he started writing and broadcasting short Gaelic stories for the BBC. They were fifteen minutes long and based on true events and some also on reminiscences of when he was young. He did fourteen stories between 1954 and 1967, and these are the Gaelic stories that are in this book.

In 1952 he wrote the *Third Statistical Account* for the parish of Alness. He also wrote two stories in English that were published in *Chambers's Journal*. These were *Donald and the Drovers,* published in September 1955, and *Dougie's Brose and Bonaparte,* published in June 1956. He wrote a longer story in 1955, *Soldier Palmer*, about fishing when he was young in North Uist. Though submitted to *Chambers's Journal*, it was never published, as it was longer than the ones that they usually published. It is, however, in this book.

My father retired in July 1967 after fifty years as a Church of Scotland Minister. He died in March the following year, just two months short of his eightieth birthday. He is buried in the churchyard beside the old Parish Church in Alness. His wife, Mary, who was such a help to him and who did much work in the parish, including The Woman's Guild, died in November 1970, aged seventy. She is also buried in the churchyard beside him.

Calum Laing, 2017

Map of the Uists drawn by Peter Shackley

Sgeulachdan Ghàidhlig

Mac an t-Sionnaich

"Fàilte staigh." Sin mo bheannachadh a' fosgladh an dorais 's mi a' tighinn air chèilidh. "Fàilt' oirbh' èin," fhreagair bean-an-taighe. Agus bu chridheil an crathadh-làimh a fhuair mi on teaghlach gu lèir ann an dachaigh choibhneil chofhurtail Dhòmhnaill Iain Shundaidh an Stadhlaigearraidh, mar anns a h-uile taigh a thadhail mi air mo chuairt an eilean mo ghràidh is m' àraich. Shuidh sinn cruinn còmhla mun chagailt, a' gabhail naidheachd a chèile. Thug mi tarraing air an atharrachadh a thàinig air obair an fhearainn on chaidh mi air imrich gu Tìr-mòr; cho gann 's a bha na h-eich far am b' àbhaist na ceudan a bhith. "Chunnaic mi trì agad fhèin, a Dhòmhnaill Iain, 's iad mar bu trice nan tàmh. Chan eil gin agad an-diugh 's tha do shuidheachadh nas fheàrr na bha e riamh." "Tha tractair agam," arsa Dòmhnall, "'s tha e cus nas fheàrr 's a h-uile dòigh. Chan fheum e fiù 's deoch ach nuair a tha e ag obair. Chuala mi gur th' ann on Laidinn a thugadh an t-ainm."

"'S ann," thuirt mise, "'s tha cheart uimhir còir aig a' Ghàidhlig air agus a th' aig a' Bheurla Shasannaich." "Tha cuimhne agaibh air a' Chlaidsdail a bh' agam?" ars esan. "'S e bha cosgail dhomh: dh'itheadh e a' chàin a chuir Pàdraig air Èirinn. Chan e a-mhàin sin – ach rachadh e am poll far an coisicheadh an fheadhainn eile gu seasgair. An cuala sibh mun each a fhuair Seumas Ruairidh à Obar Dheathain o chionn fhada?

"Cha chuala facal," arsa mise.

"An dà, tha sin a' cur iongnaidh orm. Shaoil leam gun robh e am beul a h-uile duine," fhreagair Dòmhnall. "Ciamar a bha? dh'fheòraich mi.

"Och, cha robh, ach gun robh each sgairteil nach biodh gealtach 's a bhiodh saor a dhìth air Seumas, ach bha e a' fairtleachadh air fear a chòrdadh ris a lorg. Mu dheireadh thall, dè leugh e ann am pàipear ach criomag a chuir Mac an t-Sionnaich ann, 's e a' reic air fichead nota, each sèimh nach teicheadh am-feasta, agus gun cuireadh e a' chairt san acfhainn na chois. Cha bu lèir do Sheumas facal tuilleadh le cho math 's a chòrd an tairgse ris. Ruith e 's chàirich e an t-sùim bog pailt air falbh leis an teileagraf, eagal gun cailleadh e cothrom cho iongantach.

Cha mhòr gun d' fhuair an duine bochd norra cadail, a' smaoineachadh a h-uile h-oidhche air an each ghallda, cho brèagha 's a bhiodh e, agus am farmad a bhiodh aig a' choimhearsnachd ris nuair a chluinnteadh faram nan rothan ùra air rathad mòr an rìgh."

"Mar a tha fios agaibh," arsa Dòmhnall, "'s e Aonghas Beag aig an àm ud, leis a' chàr a bu mhotha bha san dùthaich, a bha a' ruith nan sac litrichean bho Loch Baghasdail, a Tuath chun na Fadhail a Deas (agus gu dearbh bu laghach ann e). Bha postaireachd bailtean a' mheadhain seo an urra riumsa. A' mhadainn ud, nuair a bha e a' sìneadh dhomh mo chuid dhan luchd, dh'iarr e orm brath a leigeil gu Seumas gun do chuir am bàta beathach leis air tìr a-raoir, agus gum b' fheàrr dha cùram a ghabhail air ball mum briseadh e mach às a' chrò 's gun dèanadh e call. Thuirt mi gum faicinn Donnchadh Bàn, a bhràthair, 's gum faodadh esan an teachdaireachd a chur thuige.

Nuair a ràinig mi Dreumasdal, bha Donnchadh na sheasamh air an stàirsnich agus dh'inns mi dha gun tàinig an t-each aig Seumas. Dh'fhosgail e a bheul: "Chan eil fhios a'm dè an fhearas-mhòr a th' air an duine chearbach sin," ars esan. "Chan eil àite aige far an tèid a leithid sin de bheathach a-staigh. Feumaidh e àrd-doras an stàbaill a thogail troigh no dhà co-dhiù. B' fheàrr dha cus bean a thoirt dhachaigh, gun a bhith na thruaghan leis fhèin, cho math 's ga bheil e air obair a-staigh 's a-muigh. Ach cha ruig thusa no mise a leas comhairle a thoirt air."

Sheall Dòmhnall Iain orm le fiamh a' ghàire 's thuirt e: "Cha ruigeamaid a leas iomagain a bhith oirnn mun teachdaireachd. 'S ann a bha Seumas air falbh an glasadh an latha air an eàrlas. Ràinig e Loch Baghasdail na chabhaig 's thug e sùil timcheall a h-uile àite-gleidhidh, ach chan fhac' e coltas beathach eich idir. Chaidh e a bhùth Fhearghais 's dh'inns e fàth a thurais. "An tug thu cliabh no poca no bara-rotha leat? Am fac' thu coineanach riamh?" ars an ceannaiche. "Chunnaic," fhreagair Seumas. "Tuilleadh 's a' chòir. Tha iad air a' mhachair againn a dhèanamh na chriathar tholl." Thuirt Fearghas: "Seall sìos a-rithist. Mura faigh thu na tha thu a' sireadh, 's dòcha gum faic thu rud a chuireas iongnadh ort." Cha b' urrainn Seumas a thuigsinn dè bha e a' ciallachadh, ach thug e cuairt eile dhan chrò agus fhuair e ann an oisein, ri fasgadh sguaib arbhair, creutair beag bìodach air leth-shùil a' cnàmh a chìreadh, 's air faighinn seachad air an tinneas-mhara. Sealtanach similidh, is cha robh air an t-saoghal na bu lugha, mura robh searrach eile aig a mhàthair o chionn ghoirid. Dh'èigh e air fear a' chidhe, 's thuirt e nach robh aige ach an dosgaidh pheallagach, bhrònach ud a thilleadh an taobh on tàinig e; nach gabhadh e turas ris.

"Trobhad ort," ars am fear sin. "Tha tuilleadh leat fo dhìon an seo." Thog e cirb braith-chainbe a bha a' còmhdach dùin bathair, agus shlaod e a-mach cairt bheag. Rinn Dòmhnall gàire 's thuirt e rium: "Is cinnteach gum faca sibh *perambulator* uaireigin?" "Chunnaic: thog is leag sinn seachdnar ann a dhà no trì dhiubh." "Ma tha," arsa Dòmhnall, "cha robh a' chairt cho àrd sin no dad na bu luchdmhoire. 'S e cula-bhùird a bhiodh ann an duine a rachadh a dh'fheamanadh no a tharraing mhòna le atharrais inneil is ainmhidh dhan t-seòrs' ud. Bha Seumas a' sgrìobhadh airson a chuid airgid gus an tug e fairis.

Fhuair e litir o Mhac an t-Sionnaich ag ràdh mas e each nach teicheadh a bha dhìth air gun d' fhuair e sin, 's nach robh an còrr ach an asgaidh. Sin mar a thachair do Sheumas. Dh'fhaighnich mi an robh gnothach aige fhèin uair sam bith ri Mac an t-Sionnaich. "Bha, roimhe siud," dh'aidich Dòmhnall. "Bhithinn a' faicinn trealaich aige anns a' phàipear, rudan a bha mi a' smaoineachadh a ghabhadh cur gu feum. Bha an crann treabhaidh a bh' agam aig an àm ro aotrom. Is aithne dhuibh an talamh a tha agam ri threabhadh – riasg is luachair, mòran dheth. Sgrìobh mi gu Mac an t-Sionnaich 's thuirt mi ris gum bithinn fada na chomain nan cuireadh e thugam crann math iarainn. Dh'inns mi gun robh fir a' bhaile air tòiseachadh ri treabhadh, ach nach dèanainn-sa sgrìob gus an tigeadh an crann ùr, agus e a chur leis an *Dunara* gu Loch Sgioport cho luath 's a b' urrainn dha. Fhreagair e gun dèanadh e siud gu toilichte nuair a gheibheadh e ceithir puinnd 's a deich. Chuir mi sin thuige gun dàil, agus gu dearbha 's mi ghabh an fhadachd a' feitheamh a' chroinn.

Chuala mi mu dheireadh thall gun robh an *Dunara* a' tighinn air an rathad (mar a bha Cairistìona Chaimbeul). Leum mi air an each-iarainn agus tharraing mi air Loch Sgioport cho luath 's a ghabhadh rothan cur mu chuairt. Cò thachair rium letheach slighe ach Coinneach Ìleach 's luchd aige air an làraidh on bhàta. "An do chuir i crann leamsa air tìr?" dh'fhaighnich mi. "Chuir," fhreagair e. "Carson nach tug thu leat e?" Cha tuirt e diog; thàinig snodha gàire air aodann 's dh'fhalbh e. Smaoinich mi gur th' ann ro mhòr a bha an crann airson a chur air mullach na bh' aige. Chùm mi air adhart chun a' chidhe. Bha iomadach rud sgaoilte air, ach cha robh crann ri fhaicinn. Bha mi a' bagairt air falbh nuair a thug mi an aire do phoca falamh air uachdar rudeigin. Thog mi e, 's dè bha fodha ach crann – 's b' e sin an crann. Cha robh e mòran na bu mhotha na clobha ceàrdaich. Cha robh ann ach rud a rinneadh airson clann bheag a bhith a' cleasachd leis. Cha b' aithne dhòmhsa gun robh e gu feum sam bith fon ghrèin. Dh'fhàg mi e far an robh e.

An-ath-uair a chunnaic mi an t-Ìleach, shìn e dhomh bileag phàipeir. "Dè tha seo?" "Tha," ars esan, "cunntas còig tasdan deug a th' agad ri phàigheadh; faradh a' chroinn a' tighinn 's a' falbh air an *Dunara.*" "Dè thuirt thu? Còig tastan deug a bharrachd air na chaill mi mar-thà! 'S mi nach dèan dad dheth." Co-dhiù, shoilleirich e dhomh gum feumadh esan am faradh a thogail 's nach robh dol às agam. Sin mar a bha. Cha robh agam ach an t-earball a leigeil leis a' chraiceann. Smaoinich mi gun toirinn an t-iomlan à Mac an t-Sionnaich. Ach bha mi fhathast gun fàs eòlach air an dòigh malairt a bh' aige-san. Sgrìobh mi litrichean gu leòr ag iarraidh mo chuid airgid air ais agus a' maoidheadh an lagh air; ach bu cheart cho math dhomh iarraidh air an fhear a tha sa ghealaich.

An ceann mìos no dhà fhreagair e nach robh e anns na riaghailtean aige idir a bhith tilleadh prìs nì sam bith a reic e, ach gun cuireadh e thugam luach an airgid ann am bearaid sam bith eile a dh'ainmichinn 's a chuirinn gu feum, agus gun robh e an dòchas gun tigeamaid cho dlùth air a chèile ann an còrdadh ri dithis bhràthair. 'S ann a thug e orm a chreidsinn gur e bh' ann fìor dhuine ceart agus còir. Thug mi taing mhòr dha 's dh'iarr mi sìnteachan treabhaidh, seach gun robh an t-seann fheadhainn agam air fàs meirgeach 's air cnàmh. Ach nam faiceadh sibhse dreach na h-iomlaid a chuir e orm! Dà shlabhraidh iarainn 's a h-uile failbheag dhiubh o cheann gu ceann nan cop 's nan cnapan meirge. Cha do rinn mi ach an tilgeadh a-mach air an locha, far nach tigeadh iad am fradharc mac peacaich am feasta tuilleadh.

Siud mar a rinn Mac an t-Sionnaich ormsa 's air Seumas, agus air iomadach fear eile – ged nach cuala sinn sin gus an robh e tuilleadh is anmoch.

Cha cheil mise mo chall ma bheir sin air feadhainn eile a bhith faiceallach. Tha luchd-malairt ann a chuireas dath brèagha air maide mosgain. 'S mòr m' amharas nach ann an Obar Dheathain idir a bu chòir a leithid a bhith a' fuireach, ach an taobh a-staigh de bhallachan àrd an Ceann Phàdraig."

Arsa Dòmhnall, 's e a' lasadh na pìoba, "Chan eil sìon air an t-saoghal cho saor ri rud a dh'fhaodar a sheachnadh. Riamh on uair ud, tha mi a' dèanamh cinnteach às mo cheannachd mus dealaich mi rim airgead."

Is math a chòrd mo chèilidh riumsa. Bha gealach a' deàrrsadh air an uinneig nuair a dh'èirich mi o bhlàths na cagailt. Thuirt mi, bho mo chridhe: "'S e sin a dh'fhàg Seumas cho cùramach is a tha e an-diugh."

"Och, bha an duine sin cùramach riamh," fhreagair Dòmhnall. "'S e farmad a bha a' cur air. Is math a bhith cùramach, ach seachain thusa a bhith farmadach. Sin an rud a nì an sgrios."

Thug mi mo ghealladh dha, is thog mi orm. Is math a chòrd mo chèilidh riumsa.

Bealach na Comraich

Roimhe seo b' e slighe cham chun a' chaisteil aiseag na Comraich: rathad-iarainn gu Caol Loch Aillse, is bhon sin bàta na smùid chun a' Bhàigh. Ach nan tachradh tòcadh trom thonn a bhith a' bualadh a-steach le gailleann on iar, dh'fheumadh luchd-turais leis am bu mhiann faighinn air tìr, cuairt a thoirt dhan aindeoin a Steòrnabhagh, agus mura tigeadh feabhas air fairge, tilleadh an-ath- latha dhan Chaol. Is iomadh truaghan a chaidh fhuadach seachad air a cheann-uidhe, 's a fhuair deuchainn le tinneas-mara an uair a chuireadh na fir-aiseig gun dùbhlan 's nach b' urrainn eathar i fhèin a thoirt slàn às.

Ged a bha tadhal na seann *Sheila* an urra ris na siantan, bu tearc iad a ghabhadh, mar roghainn, Am Bealach. Tha an rathad sin tarsainn nam beann, a' dìreadh gu cas gu 2,052 troigh le lùban faisg air a' mhullach air chumadh bior-gruaige. Fhad 's a bha mo chòmhnaidh-sa san sgìre ud, chan fhacas càr air, ach tha iad a' falbh 's a' tighinn an-diugh mura bheil reothadh no sneachd ann.

Anns na linntean borb is iomadh fear a bha taingeil faighinn ann, leth-oireach 's mar a bha e. Theirte gun robh an dùthaich seo coltach ri Pàrras – doirbh faighinn ann, ach nam faigheadh, cò dh'iarradh às! Cha b' ann gun adhbhar a fhuair an t-àite an t-ainm a th' air: tha e a' ciallachadh tèarmann. Cha robh comraich eile ann an Alba cho farsaing – sia mìle air gach taobh den ionad-adhraidh a choisrig Maolrubha sa bhliadhna 673 's far a bheil an naomh sin air a thiodhlacadh, an cladh a' Chlachain. (Bha ciontach sam bith air an robh an ruaig, 's e teicheadh bho thòireachd, tèarainte a' mhionaid a chuireadh e cas a-steach air a' chrìch agus fhad 's a dh'fhanadh e ann.

'S e thug nam chuimhne uile-gu-lèir caimeadachd na Comraich, còmhradh a bh' agam o chionn ghoirid ann an taigh-eiridinn ri tè a thug tarraing air cunnart a theab crìoch a chur oirrese agus ormsa o chionn ochd bliadhna deug thar fhichead.

Bha an galar bàsmhor, am flù Spàinnteach, air sgaoileadh air feadh an t-saoghail, goirid an dèidh a' Chogaidh Mhòir. Bu lìonmhor na dachaighean anns an do dh'fhàg e àite falamh. Bha cuid dhiubh sin an Loch Carrann. 'S ann à sin a bha an tè a bhruidhinn air. Thuirt i gun tug an tinneas ud i fhèin faisg air bruaich na h-uaghach. Bha a h-athair 's a bràthair air an tiodhlacadh cola-deug mus do thuig i gun do chaochail iad.

'S ann aig an àm sin a bh' agamsa ri eaglais Loch Carrann a ghairm bàn, agus b' ann san dachaigh aice – an taigh-òsta – a bha dùil agam fuireach làithean mo chuairte, a' faighinn ann is às timcheall a' Chaoil. Ach, mar a thachair cho brònach, bha fear an taigh'-òsta 's a mhac nan sìneadh marbh an t-Sàbaid ud. Cha robh muinntir na Comraich airson mi dhol faisg air Loch Carrann idir, air eagal gun toirinn dhachaigh am plàigh an lùib mo chuid aodaich, 's gum buaileadh i air an sgìre bho cheann gu ceann nan tòisicheadh i aon uair. Bha a' Chomraich aig an àm ud na bu ghlaiste na tha i an-diugh; ach bu theanachdsa sin o thinneasan a bha bitheanta an ceàrnan eile. Sheachain iad an galar marbhtach sin, 's cha b' iongnadh eagal a bhith air daoine gun tugte ann e. Mar sin cha robh mi airson fantail oidhche ann an Loch Carrann, air taobh thall nam beann, air chor sam bith.

Co-dhiù, rinn mi suas m' inntinn m' aghaidh a chur air a' Bhealach, oir cha robh dòigh eile agam air òrdugh na Clèire a choileanadh. Feadhainn a chuala gun robh mi a' cur romham a dhol ann, thuirt iad: "Cò chunnaic duine riamh a' gabhail an rathaid ud 's e air a thachdadh le sneachda domhainn?" Cha do leig mi dad orm. Dh'fhan mi nam chaithris oidhche Shatharna air eagal gun caidlinn ro fhada nan caidlinn idir. Aig trì sa mhadainn dh'fhalbh mi. A' fosgladh an dorais, thachair an sneachda rium aig an àrd-bhuinn, agus mus tillinn a-rithist bha mi gu barrachd dheth fhaicinn 's a chunnaic mi riamh roimhe.

'S ann mu sheachdain ron Nollaig a bh' ann, 's an oidhche cho fada 's a bhitheadh i. Cha robh sgeul air òirleach den rathad bho thòisich mi ri dìreadh. Aig àirde na beinne thàinig a' chamhanaich, is bu mhath sin, oir bha teàrnadh cunnartach ann le grìoban, creagan is sgorran oillteil air falach fon t-sneachda. Mar sin is ann fiataidh, faiceallach a dh'fheumadh a h-uile ceum a bhith. Chanainn rium fhèin: "Ruigidh each mall muileann, ged nach ruig fear a bhriseas a chas."

Tràth anns a' mhadainn ràinig mi Riosal, air cladach Loch Ciseoirn. Cha robh còmhnaidh faisg fàire ach taigh Dhòmhnaill Bhàin, maor a bha air frìth nam fiadh aig Morair Middleton. 'S e seann duine foghainteach, fialaidh, a bh' ann an Dòmhnall, agus a bhean cho còir 's cho ciatach ris. Cha robh iad ach air ceò a thogail, ach bha fios agam gun robh fàilte a' feitheamh orm 's gum b' e mo bheatha a bhith ann. Bhris mi mo thrasg còmhla riutha agus an uair sin thòisich tuilleadh cur is cathaidh. Mhair e mar sin fad an t-siubhail gu Baile Seana. Sluagh gu leòr an sin; ach cha robh duine ri fhaicinn, no coltas gum biodh eaglais fosgailte an latha ud. Cha b' iongnadh e, a thoradh na h-anshocair is an aimsir a bh' ann. Bhuail mi aig dà dhoras; agus is ann a ghabh an fheadhainn a dh'fhosgail eagal romham – bha mi air mo chòmhdach tiugh le bian, molach, mìn, geal.

A thaobh na gairm laghail a bha agam ri dhèanamh on chùbaid, dh'fheumainn, aig a' char a bu lugha, dà fhianais. B' e clèireach an t-seisein agus am maor-eaglais a thug mi leam. Dh'fhalbh iad èasgaidh gu leòr an uair a thuirt mi riutha nach cumainn ach ùine glè ghoirid iad, oir bha agam ri tilleadh an taobh a thàinig mi cho luath 's a b' urrainn dhomh.

Chuir mi crìoch air an dleastanas a ghluais on taigh mi ri sìde nan seachd sian, agus mun do dhealaich mi riuthasan a shlaod mi a-mach, gheall mi fios fòn a chur thuca làirne-mhàireach nam bithinn beò. Leis an t-sùil mhuladaich a thug iad orm, thuig mi nach robh mòran dòchais aca gum bitheadh!

Mar a thachair, bha ceasnachadh air an t-sìoman-adhair Diluain air dà thaobh nam beann, ach cha robh fhios aig duine thall no bhos dè dh'èirich dhan òigear chearbach a dh'fhalbh 's nach do thill.

Seo mar a bha. Bho eaglais Loch Carrrann chaidh mi air adhart gu Tornaprais, agus à sin bha mi a' dìreadh nam beann. Bha nis tuilleadh sneachda ùr, bog, air uachdar na bh' ann roimhe, 's cha b' e an cathadh-làir, nuair a thigeadh e le oiteagan on bheinn, an deuchainn a bu lugha. Bha mi a' dol suas agus, mar a b' àirde a bha mi a' dìreadh is ann a bu doimhne a bha mi a' dol fodha – glè thric chun nan cruachan. Nan rachadh agam air mullach a' Bhealaich a ruighinn, bhiodh na cunnartan a bu mhiosa seachad. Bhithinn a' teàrnadh taobh a' chuain is bhiodh an iarmailt beagan na bu shoilleire mum choinneamh.

An uair a ràinig mi àirde na beinne, cha b' fhada gus an do mhothaich mi rud a chuir stad orm – iomall bearraidh a bha a' gabhail cas. Nan rachainn leis bhiodh crìoch ormsa is air mo sgeul.

Smaoinich mi gum b' e mo ghliocas tilleadh sìos taobh Chiseoirn, ged nach robh mi sa bhad sin ach mu shia mìle bhom dhachaigh. Bha mi teagmhach às mo chùrsa, agus dh'fhaodadh aon cheum eile air adhart mo chur dhan t-sìorraidheachd.

Bha e na bu chinntiche, shaoil leam, a dhol sìos an taobh a thàinig mi. Bha na lorgan a rinn mi a' dìreadh cho domhainn 's nach dùnadh iad an cabhaig. Mar sin threòraich iad mi greiseag, ach cha deach mi fada nuair nach bu lèir dhomh gin; bha iad air dùnadh. Chùm mi orm a' teàrnadh 's gun fhios agam càit an stadainn.

Dhùraiginn m' anail a leigeil far an robh mi, ach nan rachainn tacan nam shìneadh air an t-sneachd, b' e an cunnart gun caidlinn 's nach dùisginn tuilleadh, oir bha siud anmoch oidhche na Sàbaid, is cha robh mi nam leabaidh bho oidhche Haoine. Cha do thrèig mo neart mi ged a bha mo shùilean a' fàs trom. Chuimhnich mi an uair sin gun robh allt a' ruith sìos an coire air mo làimh dheis 's a' dòrtadh dhan mhuir faisg air taigh Dhòmhnaill Bhàin. Nan lorgainn e, threòraicheadh e mi gu àite far am bithinn sàbhailte, seasgair.

Fhuair mi e mu dheireadh, ach ma fhuair ... siud ann mi agus bha mi cho fliuch ri sìolta. Bha iomall an t-sneachda a' briseadh fo mo chasan is gam thilgeadh dhan allt. Thachair sin barrachd is aon uair.

Bha mi a' cumail ro fhaisg air, eagal 's gun caillinn e. Co-dhiù, rinn mi taigh Dhòmhnaill Bhàin dheth mu aon uair deug, 's gu dearbh is mi bha taingeil. B' e sin mo lag-tàmh gu Dimàirt, agus choinnich coibhneas mi a bhios nam chuimhne am feasta. Bha mi air an t-slighe ghàbhaidh dhoirbh ud bho thrì sa mhadainn gu aon uair deug feasgar, agus choisich mi anns an ùine sin suas ri leth-cheud mìle.

Chuir sgoth à Ciseorn gu Rudha nan Uag mi feasgar Dimàirt, cho garbh 's gun robh i. Cha robh mi air aiseag idir fhaighinn mura b' e an sgiobair MacFhionnlaigh, 's e còrr air ceithir fichead. Bha na fir eile a' diùltadh an toiseach, ach thuirt an seann laoch tapaidh gum falbhadh e leam, ged a b' ann na aonar.

Sheòl sinn an ciaradh an fheasgair. An uair a bha an oidhche a' tighinn oirnn agus marachd a' fàs cunnartach, le fead air a' ghaoith bhon iar is sgeirean am falach air gach taobh, thug mi air an sgioba mo chur air tìr air Rudha nan Uag, gus am faigheadh iad air ais gu Ciseorn mus tigeadh an t-sìde na bu mhiosa. Cha robh mi an sin ach deich mìle bhom dhachaigh (trì mìle an cois a' chladaich gu Tosgaig agus deich às a sin air an rathad mhòr chun a' Chlachain).

'S e deagh chòmhnaidh a bh' air an Rudha aig an àm ud (chan eil gin an-diugh ann). Dhìrich mi gu taigh Mhurchaidh Pheutoin. Chuir bean-an-taighe biadh air a' bhòrd 's shuidh sinn aige. Tha cuimhne agam fhathast cho math 's a chòrd an t-annlan rium – sgadan milis a' Chuain Sgìth a dh'iasgaich na mic agus a thagh 's a shaill am bodach. An uair a bha mi buidheach, chuir Murchadh air an t-slighe cheart mi 's choisich e faisg air

33

mìle còmhla rium. Am feasgar fiadhaich a bha siud, chunnaic mi solais na *Sheila*, le tulgadh mòr mara oirre, 's i a' stiùireadh air Steòrnabhagh, gun sùil air Bealach na Comraich. Thug i na bh' aice air bòrd a bhuineadh do ar sgìre leatha gu Leòdhas, agus air sin dhan Chaol anns a' mhadainn, oir cha tàinig atharrachadh gaoithe no lasachadh air luasgan cuain.

Mura b' e cho tapaidh 's a bha iasgairean Chiseoirn, dh'fheumainn an Rathad-iarainn a ghabhail à Srath Charrann; agus bhithinn latha no dhà air allaban na *Sheila*.

'S mòr an t-socair inntinn agus bodhaig e do shluagh na Comraich, 's do choigrich a thig air chuairt, gu bheil an-dràsta bàta luath, luchdmhor (An Loch Tosgaig) fo sgiobaireachd Chailein, le maraiche math cuide ris, ag aiseag gu cunbhalach ri gach sìde is sian eadar Tosgaig 's an Caol. Sona, soirbheachail, sàbhailte gum bi gach turas dhaibh. Ach fàgteadh ceum cas, cunnartach a' Bhealaich aig na fèidh 's aig tàrmachain ann an Dùbhlachd gharbh a' gheamhraidh!

Clach air a Chàrn

Duine naomh; duine caomh; duine ciatach, còir, fosgarra, fonnmhor; foghainteach, dìreach, cumadail na bhodhaig; aodann dreachmhor, le sùilean anns an robh daonnan solas blàth, gruag dhlùth, dhubh; craiceann glan; ruadhadh aotrom na ghruaidhean; mala chiùin air nach faicte gruaim; cluasan cothrom ri ceann nam beannachd anns an robh eanchainn iongantach thuigseach, thorach. Sin dealbh a ghlèidh mi ùr air clàr cuimhne riamh on bha mi nam shuidhe mar oileanach òg dà bhliadhna aig casan Sheòrais MhicEanraig. 'S e sochair mhòr a bha sin.

Rugadh e sa bhliadhna 1866, agus dh'àraicheadh e am Bràigh na h-Àirde, Cill Taraghlain. B' ann an Tomnacrois san sgìreachd sin a chaidh e don sgoil an toiseach. Mu aois ceithir bliadhna deug, chaidh e do Sgoil Raining an Inbhir Nis, far an robh e air a theagasg 's air a threòrachadh le maighstir-sgoile ainmeil, an t-Oll Alasdair MacBheathain. Bhrosnaich esan an t-òganach a thàinig à Tomnacrois gus ùidh a chur anns a' Ghàidhlig agus anns gach teanga a tha càirdeach dhi. Mar a chanadh Seòras fhèin: "Dh'fhosgail e dhomh doras a dh'ionnsaigh ionad farsaing; thug e sealladh dhomh air raointean rìomhach a chumadh rogha rannsachaidh rium fad mo bheatha; shaoil leam gun tàinig guth nan ginealach gaisgeil thugam a dh'innse gun do dh'fhàg iad ulaidh phrìseil am falach a bha air thuar fuireach an uaigneas am feasta mura rachadh neach a-mach ga sireadh; gun robh cainnt, cleachdaidhean is caithe-beatha nan linntean an geall an toirt am follais; gun robh leasachadh ri dhèanamh air an tional a rinn luchd-obrach eile air na h-iomairean sin."

Seo an dìleab a rùnaich Seòras MacEanraig a bhith a' toirt a-mach, a chum a roinn a sgaoileadh air na h-uile a ghabhadh tlachd innte. Air a dheagh uidheamachadh air stèidh oileantachd ann an àrd-sgoil na Gàidhealtachd, chaidh e dh'Oilthigh Dhùn Eideann, far an do shoirbhich leis gu comharraichte na chùrsa gu h-iomlan, gu sònraichte an cànanan 's am feallsanachd, cuspair domhainn anns an do choisinn e dà bhonn òir; fhuair e na buinn òir am Beurla 's an Gàidhlig cuideachd, agus bha e math air Laideann 's air Greugais.

Nuair a chuireadh currac air a cheann mar Mhaighstir Ealaidhean (MA), roghnaich e leantainn air a' cur ri eòlas anns a' Ghàidhlig 's a bhith a' rannsachadh nan cainntean a bhuineas dhi; agus mar am fear a b' fheàrr san fhoghlam sin, fhuair e fad thrì bliadhna rannsachadh na dìleib a shuidhich an Ridire Iain Mac a' Phearsain (MacPherson Scholarship) air Oilthigh Dhùn Eideann mar chòmhnadh don Ghàidhlig. Bha ceud punnd Sasannach aig an àm ud cha mhòr cho math ri luach trì mìle an-diugh. Co-dhiù, bu leòr e gu cothrom a thoirt do Sheòras MacEanraig a chnuasachd a bu mhiann leis a dhèanarnh air feadh na h-Albann, Èirinn, A' Chuimrigh agus an Roinn Eòrpa. Gu dearbha, cha d' fhuair oileanach riamh an cuideachadh sgoilearachd ud a b' fheàrr a b' airidh air, no a chuir gu buil cho buanachdail e ris-san.

Ann an Oilthigh Oxford fhuair e an inbhe B.Litt. Ach bha a thogradh gu ionnsachadh cho ìotmhor 's nach fòghnadh sin; dh'fheumadh e faighinn faisg air fuarain foghlaim an dùthchannan eile. Thug e an Roinn Eòrpa air, far an do thog e a' Ghearmailtis gu coileanta agus Fraingis is teangan Lochlannach mar an ceudna. Dh'eadar- theangaich e sgrìobhaidhean Gearmailteach; agus chunnaic mi e uair is uair a' leughadh chainntean eile na Roinn Eòrpa.

Shuidh e na sgoilear an Oilthigh Bherlin, an Oilthigh Leipzig, agus rinneadh Ollamh Feallsanachd (Ph.D) dheth an Oilthigh Vienna. Bha Seòras trì bliadhn' eile an Talla na Diadhaireachd an Oilthigh Dhùn Eideann, agus an sin cuideachd bha e na eisimpleir anns a h-uile seagh. Thug Clèir Dhùn Eideann cead searmonachaidh dha anns a' bhliadhna 1900, agus chaidh e a chuideachadh ministear na Morbhairne; gu dearbh bu taitneach suidheachadh is eachdraidh na sgìreachd sin do aigne.

Air an naoidheamh latha deug den Ògmhios 1901 phòsadh e le Clèir Thunga ri Eaglais Eadar a' Chaolais. Bha a chòmhnaidh ann an Sgobhairigh. Goirid mun deach e ann, bha bristeadh san Eaglais dà uair, agus dh'fhàg sin an sluagh (500) san sgìre ud air an roinn nan ceithir coitheanail bheaga; ach bha meas mòr aig a h-uile buidheann air Seòras MacEanraig. Bha e cho ciùin, ciatach, ciallach, gràdhach 's gun do thàlaidh e òg is sean thuige. B' e a chreud mar aoghair "Bràithrean a bhith nan còmhnaidh gnàth, an sìth 's an ceangal caoin."

Nuair a bhiodh coinneamh aige an Ach Taigh Phairidh, no anns a' Chaolas Chumhann, chruinnicheadh gach aidmheil a dh'adhradh còmhla 's lìonadh iad an taigh. Choisrig e e fhèin a chum leas aimsireil is sìorraidh an trèid. Bha e cho còir, ceanalta; cho truacanta 's cho co-fhaireachdail 's gun toireadh e fuasgladh a dh'aon sam bith an teanntachd. Bha e dùrachdach anns gach dleastanas; sona ann am fèin-ìobradh; anns a h-uile dòigh sìmplidh na thighinn-beò.

Theireadh daoine a bha eòlach air gum bu chall fear cho comasach 's a ràinig ìre foghlaim cho urramach a bhith a' fuireach an garbh-chrìoch cho iomallach, air bheag goireis 's gun chothrom conaltraidh ri luchd-leabhraichean. Ach fhad 's a bha cuideigin am feum cuideachaidh, bha esan riaraichte a bhith an grèim an gnìomh iochd ann an dùthaich dhoirbh air an dèanadh ministearan eile tàire.

Cha do ghearain e riamh air a chrannchur; 's ann a chanadh e, le fiamh a' ghàire air a ghnùis: "An àitibh aoibhneach thuit mo lìon, 's leam oighreachd bhrèagha nach gann."

Anns a' bhliadhna 1906 chuireadh Gàidhlig air an aon bhonn an Oilthigh Ghlaschu ri cànanan eile mar chuspair oilein.

Bha an t-Oll Urr Seòras MacEanraig air a thaghadh gu h-aon-ghuthach gu bhith na fhear-teagaisg, oir dhearbh na sgrìobhaidhean roimhe sin cho fiosrach 's a bha e ann an cainnt is litreachas Ceilteach, eadar cleachdadh agus eachdraidh o linn gu linn 's o àite gu àite.

Is togarrach a fhreagair e a' ghairm a fhuair e gu Glaschu, agus rinn e obair ionmholta ann. Dhèanadh e na b' urrainn dha airson a bhith ag altram na cànain as blasta a th' air an t-saoghal. Gach Sathairne bheireadh e òraidean taitneach san Oilthigh gun duais no cìs, le cuireadh cridheil do mhuinntir a' bhaile (Gàidheil is Goill) tighinn a dh'èisteachd 's a cheasnachadh. A thoradh sin, 's iomadh aon a fhuair sealladh soilleir air seann nithean co-cheangailte ri briathran, beachdan 's beatha Cheilteach is Chruithneach; air saobh-chràbhadh 's air tùs-chreideamh air fàs nam fineachan bho staid bhorb gu cor cneasta agus Crìosdail. Chuir e cuid den chòmhradh sin ann an leabhar toirteil a sgrìobh e aig an àm.

Tha e ag innse mu phrìomh chràbhadh nan treubhan borb air feadh na h-Albann 's a liuthad oidhirp rèite a bha iad a' cleachdadh gu bhith gan teannachadh fhèin; an sliochd, an sprèidh 's an toradh o spioradan millteach anns an robh iad a' creidsinn 's a bha nan culaidh-eagail dhoibh. Tha iomradh ann air draoidheachd, uisgeachan leigheis, deas-ghnàthan, ìobairtean agus mòran nithean neo-chneasta. Tha e a' nochdadh gun robh adhradh pàganach a' leantail eadhon ceudan bliadhna an dèidh teachd an t-soisgeil. Cha robh leisge no lapaiche ann am MacEanraig. Cho trang 's gun robh e a' teagasg san Oilthigh, chuir e an clò (1910) leabhar mòr brìoghmhor eile – *The Norse Influence on Celtic Scotland*.

Tha e loma-làn fiosrachaidh air teachd fhuilteach nan Lochlannach 's air an dreach a thug iad air a' Ghàidhlig 's air a' Ghàidhealtachd, gu sònraichte aig tuath agus an iar. Tha an t-ainm Innse Gall a' ciallachadh eileanan nan coigreach – sin iadsan. Sgaoil an nàmhaid cho farsaing 's dh'fhan iad cho fada 's gun robh a' Ghàidhlig an cunnart bàis.

Mar tha an t-ùghdar ag ràdh, bha sin air tachairt dhi mura b' e cho fallain, faramach 's a bha i, agus cho treun ann an cath 's a bha daoine dom bu teanga i. Ach a dh'aindeoin gaisgeachd nan Gàidheal, dh'fhàg na Lochlannaich an loinn fhèin air cor ar cinneach 's air cruth ar cànain. Tha sin ri fhaicinn fhathast an ainm iomadh rudha, geodha, locha, abhainn, beinn is baile; agus air iomadach bearaid, uidheam, inneal 's goireas a th' air an cleachdadh an taigh, am buaile 's am bàta, an cosnadh air muir 's air tìr.

'S ann an Sealtainn, an Arcaibh, Leòdhas is na Hearadh a bu truime an lèirsgrios. Anns na h-eileanan sin, thruailleadh fuil is facail ann an tomhas a thug cruth-atharrachadh air cainnt 's air coltas an t-sluaigh.

Mhort na coigrich bhrùideil ud teachdairean an t-soisgeil an Ì Choluim Chille 's ann an ionadan-adhraidh eile; leag iad eaglaisean; loisg iad leabhraichean 's an luach cha ghabh innse. Bha iad nan cùisean-uabhais do Chrìosdaidhean. Tha sgeul air bloigh bheag bàrdachd air oir seann leabhar a sgrìobh manach o chionn aona ceud deug bliadhna: (AD 856)

"Is acher ingaith innocht fufuasna fairge findfolt ni agor reimm mora minn. Dondlaechraid lain ua Lothlind."

Bhiodh sin air a chantail an-diugh mar seo:

Is garbh gailleann na gaoith a-nochd,
A' crasgadh ban-fhalt nan tonn;
Chan eagal leam gun tig loingeas Lochlainn,
Mar a thigeadh air muir mìn lom.

Chaidleadh am manach bochd an oidhch' ud.

Sgrìobh an t-Oll Urr Seòras MacEanraig mòran leabhraichean eile agus pàipearan prìseil. Chuir e *Leabhar nan Gleann* an clò anns a' bhliadhna 1898; *Symphonia Gadelica*, 1899; *Dàin Iain Ghobha* (an dà leabhar) 1893 & 1896. 'S ann air an leabhar seo, anns a bheil suas ri 700 taobh-duilleig, as eòlaiche luchd-labhairt na Gàidhlig.

Tha e a' tòiseachadh le eachdraidh-beatha a' ghobha (Iain Moireasdan) 's tha suas ri aona mìle deug sreath de bhàrdachd ann: an ionndrainn, buadhan an t-Slànaigheir, maise Chrìosd, Foghainteachd Gràs Dhè,

38

Cuireadh Chrìosd, Eu-comas an Duine, An Nuadh Bhreith, A' Bhuaidh Iarach, an Cath, Marbhrann da Chèile, msaa. Bàrdachd cheòlmhor, dhomhainn, shoisgeulach. Bha na Dàin air an leughadh 's air an seinn nam dhachaigh rim chiad chuimhne. Tha muinntir Uibhist a Tuath eòlach air laoidhean Gobha na Hearadh agus air a bheatha (1790-1852) ann an Roghadal sna Hearadh, mar a tha i sgrìobhte cho soilleir anns an leabhar thomadach seo.

An dèidh atharrachadh nan gràs tighinn air, bha am bàrd na cheistear 's na cheann-iùil am measg muinntir na Hearadh. Bha e cho truasail an àm gorta (gaiseadh a' bhuntàta) 's gun do chuir e suas seachd leapannan na thaigh, a bhiodh aig coigrich a thigeadh astar chun nan coinneamhan a bha e a' cumail, agus airson bìdh. Bha amharas aig Iain Gobha gur ann airson am brù a lìonadh, agus nach b' ann idir a chum an anam a shàsachadh, a bha feadhainn dhiubh a' batachadh air.

Mu dheireadh thall chuir e dearbhadh orra. Fhuair e tòrr càl o Alasdair Òg, a choimhearsnach; agus chumadh siud ris an treud trì tràthan san latha – teth, fuar 's air ath-theòthadh. Cha b' fhada gus an robh sgaradh eadar na caoraich agus na gobhair! 'S ann o sin a dh'èirich am facal – "'S e càl a dhearbhas creideamh."

Ged nach robh Seòras MacEanraig buan, 's treun an taic a chuir e ris a' Ghàidhlig; saoibhir an t-seilbh a dh'fhosgail e dhuinn; 's toirteil an t-ionmhas a dh'fhàg e againn. Aig aois dà fhichead is a sia chrìochnaich e a thuras le tinneas cridhe air an t-siathamh latha fichead den Ògmhios, 1912 an Rutherglen, far an robh e fhèin 's a bhean a' còmhnaidh cho sona còmhla 's far am bu choibhneil iad ri oileanaich. Cha chualas eucail idir a bhith air gus an d' fhuaras naidheachd bhochd a bhàis. Bu lìonmhor iad a bha ga ionndrainn, 's bu chaoin an caoidh. Thuirt an t-Oll MacFhionghuin (cathair Gàidhlig Dhùn Èideann) ann an eòlas sheachd bliadhna fichead air, nach b' aithne dha duine cho gràdhach ris no cho iriosal mu fhoghlam.

Cha do nochd e fuachd no fuath no fearg do neach riamh. Ghluais e maille ri Dia, 's bha a' bhith-bhuantachd fa chomhair a shùla a h-uile latha de bheatha.

Cha bu chall dhòmhsa a dhol do Ghlaschu ged nach toirinn às ach na dh'ionnsaich mi aig an Oll. Urr. Seòras MacEanraig; chan ann a-mhàin an cànain 's litreachas Ceilteach, ach mar an ceudna o eisimpleir a chaithe-beatha 's a spioraid ionraic. 'S ann dhomh bu chòir clach ghrinn a chàradh gu còmhnard air càrn a chuimhne chùbhraidh. Crìochnaichidh mi leis na briathraibh a sgrìobh e fhèin aig bonn na duilleig mu dheireadh den leabhar *Dàin Iain Ghobha*:-

"Gun robh buaidh agus beannachd Dhè air Muinntir na Gàidhlige."

Am Fear a Chaidh do Heisgeir

Bu toigh leam Rob riamh: duine mòr, foghainteach, dìcheallach a bha an sàs ann an àiteach 's ann an iasgach. 'S e a' chiad chuimhne a th' agam air, latha 's mi air chèilidh na thaigh, ged nach robh mi ach mu chòig bliadhna de aois; bha an cead sin agam on bha e faisg air mo dhachaigh 's an t-slighe tèarainte gu leòr. Cha robh a-staigh ach Oighrig a bhean 's i a' snìomh aig a' chagailt. Bha Rob a' feamanadh mar a bha fir Cnoc an Torrain uile oir dh'fheumte an fheamainn a ghabhail nuair a thigeadh i gu cladach. Bha crònan aig Oighrig a' snìomh, 's mise a' cleasachd air feadh an taighe. Ach uair de na h-uairean, chuala mi bùirein air an starsaich. Shaoil leam gur e tarbh fiadhaich a' bhaile a bh' ann, a' toirt ionnsaigh air tighinn a-staigh. Theab mi dol à cochall mo chridhe leis an eagal. Ruith mi on doras gu dol air falach air cùlaibh Oighrig, 's leis an t-sraon a bh' orm, leag mi a' chuibheall 's chrùb mi san oisein far an robh clòimh, is cobhar roileag, is liaghra, an dòchas nach fhaiceadh an uilebheist mi. Cò nochd a-steach ach Rob, air a ghlùinean 's air a chrògan. 'S ann air a mhnaoi a bha dùil aig an t-eagal a chur. Ach chaidh ise gu ciùin, ciallach chun an dorais agus stiùir i Rob do cheann shìos an taighe 's chuir i don leabaidh e. Thill i chun na cuibhle 's dh'fhuirich mise am falach gu faighinn cothrom air teicheadh. Bha Rob a' sìor èigheach, "Oighrig, cuir dhìom mo bhrògan!" (gun iad idir air). Bha doras an t-seòmair anns an robh e cho faisg air an doras a-muigh 's nach do leig an t-eagal leam teicheadh gus an cuala mi srann cadail aige.

Rob bochd. Bha banais an t-Heisgeir an latha ud, eilean a tha fàs an-diugh ach a bha air àiteach air an àm ud le fichead teaghlach. Nuair a thàinig eathar leis a' mhinistear gu Màsgeir, bha Rob air a' chairt a lìonadh, 's sheas e gus an do dhìrich am pears' eaglais gu bearradh a' chladaich. Smèid an sgiobair an uair sin air Rob.

Dh'fhàg e an t-each 's a' chairt an siud; agus shuidh e air an laimhrig a' gabhail naidheachd gillean Heisgeir 's a' faotainn a chuid den bhanais. Bha an sgioba cho fialaidh 's gun deach a' bhanais an ceann 's an casan Rob. Chuir e dheth a bhrògan 's thilg e don chairt iad air mullach an luchd, 's thòisich e air dannsa air an tràigh. Thill am ministear an uair a chual' e Rob ag èigheach: 'Hugh, hugh!' Thug e leis an t-each 's a' chairt, 's cha robh aig Rob ach a leanail dhachaigh, casrùisgte air an t-sneachd.

Bha mi latha an taigh Rob nuair a thill e o iasgach Cheann Phàdraig. A-steach an doras b' e an fhàilte a chuir e air a mhnaoi: "Bheil trì uighean agad a cheannaicheas tombaca? Tha dà sgillinn agam fhèin!" Nuair a dh'fhàg e Ceann Phàdraig, cha robh aige ach na phàigh fharadh gu Port an t-Sròim, far an robh an rathad-iarainn a' stad aig an àm ud. Chaidh e air bòrd an *Lochiall* maille ri luchd-turais eile, 's cha robh i fad' air seòladh nuair a thàinig fear an sporain mun cuairt. Thuirt Rob ris: "Tha mi duilich nach eil airgead agam dhut; ach cuiridh mi thugad e cho luath 's a ghabhas e dèanamh." "Mura toir thu dhomh an-dràst' e, cha leig sinn thu air tìr an Loch nam Madadh," fhreagair fear an sporain. "Chì sinn," arsa Rob. Co-dhiù, nuair a bha am bàta mu leth-cheud slat o laimhrig a' chinn-uidhe, cheangail e a phoca-siubhail air a dhruim, leum e mach air a' mhuir, 's shnàmh e gu cladach. Sheas e tacan, a' crathadh an t-sàil dheth, 's dh'èigh e ris an *Lochiall*: "Tha mise an Loch nam Madadh romhad fhèin!"

'S e snàmhaiche ainmeil a bh' ann. An teas an t-samhraidh, aig na giomaich anns a' Chuan an Iar, shnàmhadh e uaireannan astar mòr an dèidh an eathair.

Bhon a bha mi deich bliadhna, bha cead agam a bhith a' dol an lùib an iasgaich, agus is iomadh madainn mhoch-thràth a bha mi a' feitheamh air an tràigh gun tigeadh an sgioba chun an eathair. B' e aon sòlas an t-saoghail dhomh dol gu muir còmhla ris na fir. Cha dì-chuimhnich mi gu sìorraidh latha brèagh' samhraidh a sheòl sinn fada a-mach don Chuan an Iar.

Phaisgeadh na siùil nuair thàinig sinn dlùth air briseadh fairge. Bha clèibh rin togail an siud 's air boghannan eile fad o chèile, cuid dhiubh faisg air Heisgeir. Chuir Ailean is Cailean na ràimh oirre, agus chaidh Rob don deireadh a thogail. Bha na h-iasgairean ag obair 's a' còmhradh, 's mise ag èisteachd 's a' ceasnachadh. Mu mheadhan-latha, dh'acraich sinn fhad 's a bha na fir a' gabhail grèim bìdh. Cha robh mìr agamsa nam phòca (cha smuainichinn air biadh nuair a bhiodh iasgach a' dol). Fhuair mi tairgse o gach fear air roinn de a chuid fhèin, ach cha bu toigh leam aran eòrna. Thòisicheadh air togail chlèibh a-rithist; agus cha b' fhada gus an do bhuail tart is acras mi. Shuidh mi air ùrlar an eathair a' tionndadh gach giomach a thigeadh à cliabh. Ma bha iuchair air, bheirinn sgrìob air ìochdar 's bhiodh làn mo chròig agam de bhiadh sùghmhor, blasta a chaisgeadh ìota 's acras. Chòrd an iuchair cho math rium 's gun do lean mi air a h-ithe gus an robh mi buidheach. Bha Cailean air an ràmh a b' fhaisge dhomh a' sìor amharc orm. "Seo," ars esan, "an latha as toilichte a bhios aig Calum gu bràth." "Tha sin doirbh a dhol troimhe," thuirt Ailean. "Nach ann nuair a bha thu beag a bu shona bha thu fhèin?" arsa Cailean. "Chan ann gu dearbh", fhreagair Ailean, "ach nuair a bha mi a' suirghe air Seònaid agus gu sònraichte nuair a phòs sinn." "A bheil cuimhne agadsa, a Rob, cuin a bu toilichte a bha thu?" dh'fhaighneachd Ailean. "Ò tha, 's math sin," fhreagair e, 's bha e sàmhach tacan, a' dol tro smuaintean. "Cuin?"

"Cuin?" thuirt càch còmhla 's iad a' gabhail fadachd. Thionndaidh Rob a leth taobh, grèim aig air a' chainb le làimh chlì 's e a' slìobadh fheusaig le làimh dheis. "Innsidh mi sin dhuibh," ars esan. "An latha a spreadh an crannachan air mo mhàthair; sin an latha a bu toilichte a bha mi riamh: fhuair mi den uachdar na b' urrainn mi thogail lem chrògan gus an do theab mi fhèin spreadhadh." Chuireadh na giomaich ud gu margadh Lunnainn, còmhla ri na bha sa chiste mhòir air bhog aig Màsgeir. Nuair a chualas gun d' fhuair na h-iasgairean litrichean, dh'fhaighneachd mi fhèin de Rob dè rinn na giomaich. "Chan eil adhbhar gearain, a ghràidhein", ars esan. "Fhuair sinn dealbh na maighdinn-mhara!" Leis a' bhruthainn a bh' ann, tha e coltach nach do ràinig beò ach gann na choinnicheadh am faradh.

Chunnaic mi e a' dèanamh acfhainn cartach de na bòtainnean mòra leathair a bh' aige ri iasgach an sgadain. Theireadh e: "Is taomanach an t-sealg; is trèigsinneach an t-iasg; ach ge b' e ghreachaideas gu math an talamh, cha do dh'fhàg e fear falamh riamh." Bha cùisean ag atharrachadh. Cha robh cosnadh aig òigridh a chumadh beò san eilean iad. Chaidh mòran do Bhancùbhar. Aon samhradh dh'fhalbh còrr 's a fichead còmhla; nam measg bha mac Roib. Choisich mi astar math cuide ris na fir. Bha sinn a' cumail ceum air thoiseach air na cairtean san robh na cisteachan aca. 'S i cairt Roib a bh' air deireadh. Chuimhnich mi gun robh e car muladach a' mhadainn ud; sheas mi air fàl an rathaid gus an tàinig e mum choinneimh 's leum mi air a ghualainn. Thuirt mi, gus seanchas a chumail ris is gus na smuaintean a bha ga leònadh a thogail thar inntinn: "Nì Iain feum an Ameireaga." Thug e sùil orm is fhreagair e 's e a' crathadh a chinn: "Ò cha dèan. Cha dèan idir." "Ciamar a tha sibh a' dèanamh sin a-mach?" arsa mise. "A laochain", thuirt e, "nach eil fhios agam am fear a chaill an aon lèine a bh' aige sa mhailisi? Cha dèan am fear sin feum an àite sam bith!"

Tha mi ga fhaicinn fhathast – duine foghainteach, sìochail, rianail, mall a chum feirge, seirceil, caomh agus daonnan breithneachail, tuigseach. Mar sin cha robh an iargaill a bha eadar na h-eaglaisean o chionn leth-cheud bliadhna air ais a' còrdadh ris. Bha an eaglais anns am biodh e fhèin ag adhradh air dol bàn bliadhna no dhà. Thachair e rium latha 's e a' dol don bhùth air a shocair fhèin. Chuir mi fàilt' air is san t-seanchas a bh' ann dh'fhaighneachd mi dheth: "Bheil sgeul agaibh air ministear fhathast, a Roib?" "Ò chan eil, a ghràidhein,",thuirt e. "'S motha tha dh'fheum againne air poileasman!"

Cha deach mi riamh dhachaigh nach dèanainn dìreach air taigh Roib, oir b' ann an sin a gheibheadh gach sean is òg an fhàilte a bha blàth agus coibhneil, is mura faicinn e an oidhche sin fhèin, bhiodh e staigh againn moch an-ath-latha. Bu mhuladach leam an turas mu dheireadh, oir cha do rug mi beò air. Bha e còrr is ceithir fichead, is a neart air a cholainn sgairteil a thur thrèigsinn. Chaidh mi steach air mo chorra-biod mar a dhèanainn o chionn fada, a' feuchainn ri char a thoirt às; ach air an latha ud b' ann le ceum sòlaimte. Dh'inns an sealladh a chunnaic mi gun robh e air dol don dachaigh bhuan.

Bha triùir mhnathan nan suidhe air a' bheing a' fuaigheal na lèine mairbh. Bha leabaidh shuas faisg air a' chagailt, anns an oisein far am b' àbhaist do bhean Roib a bhith a' snìomh. Bha i fhèin na laighe an sin gu ciùin, ciallach, foighidneach, agus fhios aice nach èireadh i tuilleadh. Sheall i orm le fiamh a' ghàire nuair a shuidh mi. "Bheil fhios agaibh cò air a tha mi a' cuimhneachadh an-dràsta?" thuirt i. "Cha mhòr nach eil mi cinnteach," fhreagair mise. Thuirt i ris an fheadhainn a bha a' fuaigheal: "Chuala a h-uile duine mu bhanais Aonghais Bhàin an t-Heisgeir, 's mar a bha eadar am ministear 's am fear a tha an-diugh na shìneadh, ach 's dòcha nach cuala sibh mar a leag Calum ann a seo a' chuibheall orm, 's mar a chaidh e am falach an lùib nan roileag leis an eagal a ghabh e. 'S beag a shaoil mi an uair ud gun seasadh tu ann an cùbaid, no gum biodh tu ag ùrnaigh an-diugh aig mo leabaidh. Cha dèan am fear a tha na shìneadh faoineas no fealla-dhà nas motha. Cha chluinnear a ghuth cuireideach tuilleadh air tìr no air tuinn ... cha chluinn ... cha chluinn ..."

Ciod a theirinn? Cha bheir briathran air na smuaintean a bha a' lìonadh m' aigne. B' ann uidh air n-uidh mar ghuth fann an fheasgair, no mar chagar chiùin na camhanaich shamhraidh, a shìolaidh mo nàbaidh gaolach bhuainn am measg a chàirdean.

Maighstir Dòmhnall

Cha b' aithne dhomh duine riamh a bu ghràdhaiche no a bu bhlàithe a rinn àite dha fhèin ann am meas is rùn a luchd-dùthcha na Maighstir Dòmhnall. Sin mar a bha e air ainmeachadh le gach aon an Uibhist a Tuath on latha a phòsadh e ris an eaglais.

Rugadh e an Cnoc an Torrain, baile bòidheach air taobh an iar an eilein, air an naoidheamh latha den Fhaoilleach, 1855.

B' e athair Alasdair mac Dhòmhnaill 'ic Chalaim 'ic Ghilleasbuig 'ic IlleChalaim 'ic Iain Òig.

B' e sloinneadh a mhàthar Caitriona nighean Aonghais 'ic Uilleim. Air an dà thaobh bha e o Dhòmhnallaich urramach, treubh a bha làidir is lìonmhor an Uibhist agus a sgaoil gu iomall an domhain.

Bha còignear mhac is còignear nighean an teaghlach Alasdair. B' e Dòmhnall an treas mac, agus thaisbean e glè òg an spiorad tairis a bha na chridhe caomh. Chaidh e aig sia bliadhna do sgoil na sgìre agus na òigear do Oilthigh Ghlaschu, far an do chrìochnaich e gu soirbheachail sèol suidhichte an fhoghlaim a dh'ionnsaigh na gairm a bha ga tharraing. Fhuair e cead searmonachaidh o Chlèir Mhuile, agus lean e dà bhliadhna a' cuideachadh ministear Thioraidhe. Sa Mhàrt, 1887, shuidhicheadh e na mhinistear san eilean san do rugadh e. Cha b' aithreach riamh le aon a chuir aonta ri thaghadh. A h-uile latha a dh'èireadh air a cheann, bha e a' coileanadh a dhreuchd gu cliùiteach, ciatach, comasach...

Na phearsa bha e foghainteach, ged a bha e coibhneil, grinn na choltas; le craiceann glan, aodann lom, dreachdmhor, tlachdmhor is aoigh air an-còmhnaidh; falt nach do thanaich ged a liath e tràth. Na bhodhaig cha robh e dumhail no trom ann am feòil; cha tàinig caochladh air a chumadh no cromadh le aois. Bu chàirdeil an crathadh làimh a gheibheadh neach a thachradh ris 's bu thaitneach a chòmhradh. Dh'fhairicheadh duine na b' fheàrr le bhith greis na chuideachd. Bu shuaimhneach, stòlta, sìmplidh e na dhòigh; cunbhalach na chleachdadh, stuama an iarrtais chorporra, toilichte na staid; cha do ghearain e riamh air sìde, air saothair, air sàrachadh no air a chrannchur. Chan fhaicte gruaim no corraich air a ghnùis. Bha sìth nan nèamhan a' lìonadh anam is inntinn. Duine sèimh, naomh, neo-lochdach, gu tur 's gu h iomlan saor o fhuath, o fhuachd 's o ghamhlas. Uasal agus iriosal, bha a chridhe a' cur fairis le gràdh dhan a h-uile creutair a chruthaich Dia. Foighidneach, tuigseach, co-fhaireachail, bu chomhairliche agus cofhurtair e a bheireadh misneach is dòchas don fheumach àn am na h-airc.

Bha e sònraichte sòlaimte a' frithealadh sàcramaid 's ann an adhradh foillaiseach aròis Dhè; agus dùrachdach, soilleir a' searmonachadh Soisgeul nan saor ghràs. Mar aoghair bha e saothrachail, suimeil, eudmhor airson math an t-sluaigh ann an nithean aimsireil is spioradail: stèidhichte anns a' chreideimh, seasmhach ann am fèin-ìobradh is ann am fèin-àicheadh. Bha e foghlamaichte, fiosrach, farsaing na inntinn, daonnan a' leughadh leabhraichean brìoghmhor. Bha e mion-eòlach air eachdraidh 's air lagh na h-Eaglais. Mar chlèireach, bha e seachd deug air fhichead bliadhna a' cumail agus a' sgrìobhadh leabhraichean Clèir Uibhist – bha sin a' gabhail a-staigh sgìreachdan Eaglais na h-Alba o Cheann Bharraigh gu crìoch Leòdhais. Fad a mhinistrealachd, bha e air a thaghadh gach àm airson bùird ionadail an eilein. Ann an 1923 thug Oilthigh Ghlaschu dha an DD mar urram a' comharrachadh gach deagh obair a bha e a' dèanamh. Cha bu bheag sin. Air a' chearthamh latha deug den mhìos sa chaidh, bha bòrd ùr comanachaidh, cathraichean agus obair airgid air an coisrigeadh am fianais a' phobaill an Eaglais Chille Mhoire, mar chuimhneachan air a shaothair ionmholta.

Rinn e a dhachaigh fad na leth-cheud bliadhna 's a trì ann am Baile-locha, seach nach robh taigh-còmhnaidh co-cheangailte ris an eaglais. Bha dithis sgalag aige ag obrachadh a' bhaile; thog iad an teaghlaichean air gun imrich riamh, ann an suidheachadh a cheart cho saorsinneil ris an fhastadh a bha fear Heisgeir a' cur air a luchd-muinntir: 'Ith aran, snìomh muran, 's bidh thu am-bliadhna far an robh thu 'n-uiridh.'

'S iomadh car a chuir an saoghal dheth, 's iomadh atharrachadh a thug dà chogadh mhòr air agus innleachdan iongantach on chiad chuid de mhinistrealachd Mhgr Dòmhnall. Mar a tha an t-àite an-diugh, chan ann a bha. Chunnaic esan faisg air leth an naoidheamh linn deug. Bha tlachd aige ann an eireachdas nàdarra is cleachdaidhean cubhaidh nan làithean a dh'fhalbh; bu toigh leis leantainn dlùth ri cliù ar sinnsear. Ged a bha e an-còmhnaidh sgeadaichte gu sgiolta an èideadh riochdail, clèireil, 's e am breacan a chithinn mu ghuailnean ann am fuachd a' gheamhraidh. Bhiodh e a' bruidhinn air na daoine sgoinneil a bh' ann: mar a bha an talamh air a làn threachaid, a thorradh air a thional 's air a chur gu buil 's gu buannachd. Cha robh airgead a' Chrùin air cùl a' chroiteir; b' e an cruaidh chosnadh a chuibhreann, gun brosnachadh bùird ga chur thuige. Cha robh an uair ud an asgaidh ach a' ghaoth 's an t-uisge. Mus soilleiricheadh an latha, bhiodh na fir san stuaigh fodha chon nan cruachan a' tarraing feamainn gu tràigh le clatair; a' roiseadh 's a' bualadh 's a' tìoradh feadh na h-oidhche; a' dol a bhleith dhan mhuileann sa mhadainn. Bhiodh muileann Dhusairidh is muileann an t-Saoir cho trang aig an àm 's gum biodh uisge air roth gun sgur fad ceithir uairean fichead. Cha mhòr mìn Ghallta a bha a' tighinn dhan dùthaich. Anns gach baile chluinnte glig-glag aig bainfheach air beairt; srann aig mnathan air cuibhle anns gach taigh. B' e an calanas cosnadh nam ban: clòimh an cuid chaorach air a rùsgadh, air a nighe, air a h-àrmadh, air a cìreadh, air a càrdadh, air a snìomh, air a dath is air a deilbh san dachaigh mun rachadh iarna snàth air chrann. An uair a gheàrrt' an clò, 's iomadh làmh laghach a bhiodh ga luadh. Seadh, calanas gu còmhdach; math na buile le leasachadh eunlaith, iasg is maorach – b' fhallain am biadh e. A' chuid nach fheumadh an teaghlach, chuirte dhan bhùth e an iomlaid airson bathair. Ceilp gu cuideachadh màil, sprèidh gu fèill – an dà uair sa bhliadhna a bha i ann. Eadar gach àm cha bhiodh airgead tioram ach gann. Thigeadh làithean lom a chuireadh duine cinnteach gu faigheadh e sin.

Bha a' mhòr-chuid dleasnach, dìcheallach, dòigheil, sgoinneil; feadhainn a chuireadh an aghaidh air cruadal 's nach gèilleadh a dh'èiginn na h-an-uair. 'S e an cothachadh a rinn ceatharnaich dhiubh. Sin an spiorad a bu trice a bha am ministear a' faicinn 's a bhiodh e a' moladh. 'S ann aige a chuala mi mun duine a bha a' toirt dùbhlan dhan dosgaidh is nach dèanadh beul bochd dheth. Theireadh e: "Nuair a chaillear a' bhò, bidh an t-agh againn: nuair a chaillear an t-agh bidh an t-seic' air an taigh againn: saoilidh fear thig a-staigh gu bheil crodh againn." A dh'aindeoin dè thachradh, chumadh e sròl ri crann agus an taobh bu shoilleire ris na chitheadh.

An latha a bha sinn mar chlèir 's mar choitheanal a' comharrachadh a leth-cheud bliadhna sa mhinistrealachd, thuirt e rium mun do thoisich òraidean: "Tha mi air mo bhualadh balbh leis na tha na daoine còir a' dòrtadh air mo cheann de choibhneas gràidh. Chan urrainn mi facal a ràdh an-diugh. Bruidhnidh sibhse nam àite." "Bruidhnidh," thuirt mi, "ma dh'fhaodas mi an rud a thogras mi a ràdh." Fhreagair e 's an t-uallach a' togail dheth: "Faodaidh, faodaidh." Nuair a thàinig a' chuid sin mum choinneimh, thug mi sùil air a' chuideachd mhòir a bh' ann 's chan fhaicinn ach aodannan fada – seachd ceud dhiubh. Thòisich mi mar seo: "An latha a sguireas ar caraide còir, bidh sinn an seo gu gàirdeachas a dhèanamh maille ris 's bu chòir aoigh a bhith air a h-uile aghaidh. Innsidh mi dhuibh rud nach innseadh e fhèin. O chionn ghoirid, bha e a' fuireach làithean a-staigh againn agus sinn a bha toilichte comhla, le còmhradh gu leòr mar bu trice. Ach aon latha bha sinn nar suidhe taobh ri taobh greis mhòr gun fhacal aig fear seach fear. Smaoinich mi gun robh an t-àm an t-sàmhchair a bhristeadh. Choimhead mi air cho sòlaimte 's thuirt mi: "Tha mi a' dol a chur ceist chudromach oirbh co-cheangailte ri ur beatha dhìomhair o thàinig sibh gu ìre. Ceist, 's dòcha, nach bu chòir a chur air pears'-eaglais." Sheall e orm car muladach. "Dè a' cheist?" Dh'fhan mi sàmhach greis, gun tainig athadh air. "Dè th' ann? Dè th' ann?" "Seo i ma tha," arsa mise. "An robh sibh riamh a' suirghe?" Rinn e lasgan gàire 's e a' freagairt: "A ghràidhein, cha bhi sin 's do shuipear agad." Cha robh esan 's cha bhitheadh am-feasta. Ach thuigeadh e spòrs 's chòrdadh e ris daoine fhaicinn cridheil, geanail. Nuair a sgaoil an còmhlan, dh'iarr e orm a dhol a Bhaile-locha. Thuirt mi gum feumainn a dhol dhachaigh. Arsa mise: "Nan robh bean is sianar chloinne agaibhse, chan fhanadh sibh aon oidhche air falbh on taigh." Fhreagair e le gaire: "A ghràidhein, nan robh bean is sianar chloinne agamsa, dh'fhanainn air falbh on taigh a h-uile oidhche." Gheibhte facal laghach aige daonnan.

On latha a chaidh e air thaigheadas gu latha a bhàis, 's i Anna, a phiuthar, a bha a' cumail na dachaigh 's gu dearbh bu ghasta a bha i a' dèanamh sin. Bha anns a' bhaile ud thall dà chaillich a' fuireach ann an dà thaigh beag tughaidh, ceann ri ceann; ach cha robh iad idir cho faisg air a chèile ann an coibhneas gràidh 's a bu mhath leis a' mhinistear. Thàinig tè dhiubh a ghearan ris air a ban-nàbaidh. Gun a casaid a dhèanamh ro chinnteach thuirt i: "Tha cuideigin a' goid na mòna orm." Fhreagair an duine glic: "Tha mi duilich, duilich, a ghràdhag. Nan goidinn fhèin rud sam bith, 's e mòine. Cha bhi Anna fada a' dèanamh tì. 'S math gun tàinig sibh. Bidh sinn a' gràdhachadh càch a chèile; bithidh, bithidh, a ghràdhag." Ann an latha no dhà, chualas gun robh na cailleachan ag òl tì às an aon phoit!

Ged a bu dligheach an tiotal 'Ollamh' dha mar urram, 's e Maighstir Dòmhnall a bha ann an cridhe 's am beul an t-sluaigh. Bha e air leth mar charaid 's mar phears'-eaglais, ann an caithe-beatha, ann an suairceas, ann an sèimheachd, ann an gliocas, ann an gràdh. Chrìochnaich e a thuras ann an sìth air a' cheathramh latha fichead den mhìos Mhàirt,

1940, aig ceithir fichead bliadhna 's a còig. Chan e spitheag bheag nam mionaidean a bu chòir a chàradh air a chàrn, ach ultach leabhair a bhiodh mòr, tomadach 's a mhaireadh gu innse do gach àl ri teachd am bràthair brèagha, buadhmhor, beannaichte bh' ann air am bi cuimhne chùbhraidh, chiatach, mhaireannach.

Thachair E

Cha b' iongnadh ged a bhithinn ga h-ionndrainn. Ghlèidh mi dual de gruaig mar chuimhneachan; ach cha tug mo bhean achmhasan dhomh riamh airson sin. Cluinnidh sibh cò bh' ann mun ruig mi gu ceann thall mo sgeòil; agus tuigidh sibh adhbhar mo thlachd dhi 's carson a tha i a-nochd air m' aire. Mur b' e an tè ud, cha chluinnte gu sìorraidh mo ghuth air clàr. Fo làimh an Fhreasdail, bha i na meadhan air mo theasairginn o ghàbhadh is o chunnart bàis – 's cha mhise nam aonar. Innsidh mi mar a thachair e.

Rinn luchd-sgrìobhaidh a bhiodh a' tathaich an Eilein Fhada Fadhlaichean Uibhist iomraiteach; ach cò 's urrainn ann am briathran dealbh a tharraing a shàsaicheas neach nach fhaca? 'S e an t-àrd-sgoilear John Stuart Blackie, a bha cho measail air ar cainnt 's ar crìochan, a thug ann an grad-dhealbh 's an lèirsinn as iongantaiche.

Dh'inns e do na h-oileanaich aige an Dùn Eideann gun robh e air chuairt sna h-eileanan 's gun do choisich e aon latha air grunnd a' chuain eadar trì dhiubh. B' fheudar dha beagan a bharrachd innse do na h-òganaich sin mun do thuig no an do chreid iad e.

Co-dhiù, is lìonmhor iad a bha a' dèanamh an dearbh rud a chuir a leithid a dh'iongnadh air na gillean ud. Tha ceithir mìle eadar Uibhist a Tuath 's Peighinn nam Fadhla, agus mu mhìle eadar an t-eilean sin 's Uibhist a Deas. Is mòr na dh'fhaodas a bhith an crochadh air seòl-mara 's siantan san àite bhòidheach sin a tha cho àghmhor, ged a tha e uidealach, Uibhist nan cràdh-gheadh, a tha air a tàth le muir-tràigh na h-aon tìr dà thacan gach latha, is a tha air a sgaradh na thrì le muir-làn.

'S i an fhadhail as giorra dhiubh bu trice a rinn bàthadh. Ach chaill i a gath o chionn trì bliadhna deug nuair a dh'fhosgladh an drochaid mhòr a tha a-nis a' ceangal Uibhist a Deas ri Peighinn nam Fadhla. Chan eil an t-sligh' ùr seo, a tha tarsainn amhaich a' chuain, an eisimeil lìonadh na tràghadh. Tha i seasgair a dh'oidhche 's a latha, ann an sèimheachd samhraidh 's ri tìde nan seachd sian. Nach carrthanta a' chòmhdhail i do luchd-turais a chunnaic a chaochladh.

Fad samhraidh is foghair aig èirigh 's dol fodha grèine, tha àilleachd gun choimeas ri fhaicinn air an fhadhail seo. An iar tha an Cuan Mòr, is mura faic thu a bheag dheth, cluinnidh tu a nuallan uaibhreach.

Tha teanga den fhairge sin ag imlich machair Chill Amhlaidh a deas agus muran biorach Lionacleit a tuath. An ear tha sealladh air Bùird MhicLeòid taobh thall a' Chuain Sgìthe. Faisg air oir Pheighinn nam Fadhla tha eilean Fuighaigh, far an d' fhuair Prionnsa Teàrlach falach is fasgadh allabanach car tamaill nuair a bha e fon choill. Chan ionnan dreach na h-àirde seo: tha an cladach creagach 's am fearann fo fhraoch; ach tha a mhaise fhèin ga sgeadachadh.

An-diugh tha drochaid àbhaisteach, acarra a' ruith o Chàrnan an Iochdair gu eilean Chreag Goraidh; tha criomag rathaid tarsainn an eilein bhig sin; agus tha calpa sìnte os cionn na seòlaid gu cladach Peighinn nam Fadhla. Cha deach mi riamh faisg air an eilean seo nach cuimhnichinn air Lachlainn Greusaiche, bodach aig an robh eathar thapaidh lem biodh e ag aiseag fheadhainn a chailleadh an tràigh. Turas o chionn leth-cheud bliadhna, air feasgar fèill an fhoghair, bha Lachlainn ag aiseag dhròbhairean gu Peighinn nam Fadhla. Leth slighe dh'fhaighnich fear dhiubh (Obairdheathaineach) dè bha am faradh. "Sia sgillinn," arsa Lachlainn. "Bheir sinn trì sgillinn an urra dhut 's cha tabhair ach sin," thuirt an dròbhair. "Dh'inns mi dhuibh am faradh," thuirt Lachlainn, "ach gheibh sibh fiach trì sgillinn a-nochd seach gun do dh'iarr sibh e." Chuir e air tìr iad 's dh'iomair e air falbh. Thilg e na sgillinnean a dh'fhàg iad air tobhta an eathair às an dèidh. Dhìrich na Goill an cnoc a bha mun coinneamh, 's nuair a ràinig iad a mhullach, chunnaic iad an t-seòlaid eadar iad 's Peighinn nam Fadhla. Cait an robh iad ach air eilean Chreag Goraidh. Thuig iad gun d' fhuair iad an luach mar a gheall Lachlainn. Ruith iad air ais ag èigheach nan creach: "Till 's bheir sinn tasdan dhut." "Cha ghabh mi ur tasdain; 's math a thoill sibh cuid na h-oidhche far a bheil sibh," thuirt Lachlainn. "Cuir air tìr sinn 's gheibh thu leth-chrùn," dh'èigh iadsan. Tharraing

Lachlainn air falbh gus an tug dubhar na h-oidhche à fradharc e. Cha robh acasan ach suidhe ri fasgadh creige. Cha bhiodh tràigh ann tuilleadh gu madainn. Nuair a shaoil Lachlainn gun robh na Goill air an leasan ionnsachadh, thill e. Leum iad sìos na choinneimh 's ghlaodh iad: "Thoir à seo sinn 's bheir sinn crùn am fear dhut." Arsa Lachlainn: "Chan eil mi ag iarraidh ur crùin, ur leth-chrùin no ur tasdain – 's gaolach sibh fhèin orra – ach cuiridh sibh am faradh (sia sgillinn) air mo bhois mun tig sibh air bòrd." Rug an t-anmoch orra mun do ràinig iad Creag Goraidh, 's bu mhath an airidh. 'S cinnteach nach d' fhiach iad cleas na fèille air an fhadhail a tuath.

Thachair e gun robh eaglais Pheighinn nam Fadhla bàn àireamh bhliadhnachan. Tha an t-eilean sin ann an sgìreachd Uibhist a Deas airson riaghladh dùthchail, mar a tha cùisean sgoile, rathaidean, cìsean màil is nithean mar sin, le bùird choitcheann an ùghdarrais. Ach o chionn còrr is sia fichead bliadhna tha gnothaichean eaglais air leth. Gus am biodh ministear air a thaghadh 's air a shuidheachadh, bha Peighinn nam Fadhla an urra rium.

Turas a bha siud sa Mhàrt, a bhios nam chuimhne fhad 's is beò mi, chuir Ruairidh, gille a' Chàrnain, gu cladach Chreag Goraidh mi le carbad-eich. Anns an dealachadh thuirt mi ris gum feumadh e mo choinneachadh san dearbh àite air mo thilleadh à Grìminis. Bha còmhdhail agam daonnan (an asgaidh) bho charaid chòir taigh-òsta Chreag Goraidh a' frithealadh Eaglais Pheighinn nam Fadhla. An uair a thill mi 's a ràinig mi an cladach, bha ceò cho tiugh air tuiteam 's nach faiceadh neach ach astar beagan shlatan. Ach bha aon nì soilleir dhomh aig mo chasan, b' e sin gun robh lìonadh mòr air agus an fhadhail fo shiubhal, aig àirde a ghiùlaineadh bàta bho thaobh gu taobh. Co-dhiù, nochd Ruairidh tron cheò is an làir dhonn aig air an t-snàmh anns a' chuid a b' fhaisg orm den linne. An uair a ràinig e, dhìrich mi suas ri thaobh, agus chuir sinn ar n-aghaidh gu deas. Cha b' fhada gus an robh an làir air an t-snàmh agus ar casan againne air oir àird a' bhùird-thoisich. Cha do chùm sin tioram sinn. Shnàmh am beathach sgoinneil tron t-sruth làidir sin is thàinig sinn gu uisge nach robh cho domhainn, far an dèanadh i grunnachadh. Cha robh nì ri fhaicinn ach a' mhuir a bha timcheall oirnn, a' sìor fhàs na bu doimhne. Leis an dorchadas a bh' ann, cha b' urrainn dhuinn fios a bhith againn dè an cùrsa air an robh sinn: an ann a' stiùireadh gu deas, far an robh tèarainteachd is blàths na dachaigh (nan ruigeadhmaid), no, mar a shaoil sinn uair is uair, chun a' Chuain Sgìthe no chun a' Chuain Mhòir, far nach biodh dùil ri ar beò.

Chuir mi dhìom cuid dem aodach uachdair gu bhith na b' aotruime nam biomaid air ar tilgeadh a-mach air a' mhuir, gun fhios dè fhad 's a b' urrainn mi cumail am bàrr no cò an taobh a dh'fheuchainn ri snàmh. Thòisich Ruairidh bochd air tarraing na srèine an taobh ud 's an taobh ud eile, an dòchas gun tigeamaid gu cladach an àiteigin; ach mura bu mhisde cha b' fheàrrde, agus 's ann a thug gach tionndadh sinn gu uisge na bu doimhne. "Thoir a ceann dhi," thuirt mise, "tha Mailidh nas eòlaiche air an fhadhail na h-aon againn. Fo stiùireadh an Fhreasdail bheir i sinn beò gu tìr." Rinn e mar a dh'iarr mi, agus cha b' fhada gus an tàinig sinn gu tanalach, 's an sin gu bad tioram tràghad mu mheudachd ùrlar seòmair. Beag is gun robh e, bha e na bu luachmhoire nar sealladh na ged a gheibheamaid oighreachd Uibhist anns a' ghrunnd. Tarsainn air ghabh sinn, an dùil gun robh cladach a-nis faisg oirnn, ach cha b' fhada gu robh grunnachadh againn a-rithist, domhainn is eudomhainn greis mu seach.

Chùm am beathach ceanalta air adhart tron cheò gun stad, gun tionndadh, cho cunbhalach 's ged a bhiodh i air rathad mòr an rìgh. Thug seo misneachd nach bu bheag dhuinn, ged a bha sinn fhathast ann an cunnart ar beatha.

Bha na bu lugha na uair an uaireadair o dh'fhàg sinn Creag Goraidh; ach, ò, cha robh tomhas air cho fad 's a dh'fhairich sinn an ùine. Cha robh mòran còmhraidh againn, oir is ann air sìorraidheachd a bha ar smuaintean agus air a' mhuinntir ghràdhach a bhiodh gar n-ionndrainn 's aig nach b' urrainn sinn slàn fhàgail. Chaidh ùrnaighean dùrachdach suas. Bha a' mhuir a' tighinn oirnn on iar 's on ear. Bha an ceò cho tiugh, dòmhail 's nach bu lèir dhuinn grunnd an adhair. Bu mhath nach robh sùgh-ghaineamhaich air an t-slighe a bha an làir dhonn a' stiùireadh; bha na rothan a' dol mun cuairt 's a' maistreadh an t-sàile gun sgur. Dhèanainn toileachadh ri bad feamainn, a' saoilsinn gun robh i an ceangal ri creig 's na comharra air fagasachd fearainn, ach sheòladh i seachad air an t-sruth, mar shamhla air an dòchas a bha a-nis gar trèigsinn. Nuair a bha sinn air thuar ar dùil a thoirt suas, chuala sinn guth a' tighinn tron cheò: "Dèanaibh dìreach ormsa." Cò bh' ann ach Pàdraig mac Dhòmhnuill 'ic Phàdraig, agus e air an sloisreadh mara a chluinntinn sa chiùine. Cha b' fhada gun do dhìrich sinn gu talamh tioram. Creid mise, cha robh fàileadh lusan taise riamh cho cùbhraidh leam. Bha sinn mu dhà cheud slat an iar air ceann an rathaid mhòir; ach bha de thoinisg aig Mailidh na stiùir an aon chùrsa air am b' urrainn i ar toirt a-null sàbhailte air an fhadhail aig an àirde ud den làn 's ann an dùmhlas a' cheò a bh' ann.

Goirid an dèidh siud ghabh Ruairidh san arm. Shaoil mi iomadh uair gum biodh e a' cuimhneachadh air turas cunnartach a' cheò 's e ann am freiceadan Gàidhealach a' dìon na h-Ìompaireachd air raointean tioram teth nan Innsean.

Cha do chuir siud crìoch air mo chonaltradh-sa ri Peighinn nam Fadhla. Mar a ghairmeadh dleasnas Dòmhnach, pòsadh, baisteadh no tòrradh, dh'fheumain a bhith a-null 's a-nall ge b' e sìde a bhiodh ann. Còrr is bliadhna an dèidh marachd a' cheò, air madainn stoirmeil 's mi a' grunnachadh gu Peighinn nam Fadhla, le mo bhrògan crochte ri mo mhuineal, cò thachair rium ach Mailidh dhonn, bàite anns an Iinne, am bràidean fhathast ri guaillibh 's an t-srathair crioslaichte air a druim. Shlìob mi na cluasan nach maoladh tuilleadh, agus gheàrr mi dual às a muing a bha a' gluasad leis an t-sruth, mar gum biodh an deò innte. Cha b' urrainn mo ruisg mo dhèoir a chumail. Cha cheil mi gun do shil iad nuair a chrom mi os a cionn.

> Bu mhòr am beud e gun do thachair
> Alltapadh a dh'fhaodte a sheachnadh
> Nan robh de thùr 's na shàbhail i
> a thugadh earbs' an gàbhadh dhi.
> Aona ghiùlain, riamh cha d' chaill i.

> Chumadh a' mireanach ro theann rith';
> Cha tug iad, mar bu chòir, a ceann dhi;
> Cha d' fhuair i ann an doimhne 's duathar
> Taghadh slighe, ach tarraing tuathail.

> Ach saoilidh mi ged chaidh a bàthadh
> Gun robh i riaraicht' s iadsan sàbhailt'.

Leigheas gun Chungaidh

Air madainn chiùin Chèitein, àm seinn nan eun air teachd is gach cnoc air a sgeadachadh le currac neòinean, bha Mgr Eòghann, ministear Pheighinn nam Fadhla, a' gabhail ceum socair sìos rathad Ghrìminis seachad air taigh Iseabail, a bha na seasamh eadar-a-bhith san doras a' gabhail ealla ris. Nuair a chunnaic i gun robh e air thuar a dhol seachad gun stad, nochd i i fhèin is bheannaich i dha.

"Ciamar a tha thu an-diugh?" thuirt e.

"Tha mise math gu leòr," fhreagair i, "ach, (mo chreach) tha m' aona mhart na sìneadh o chionn làithean gun chomas èirigh. Mo thruaighe mise ma chaillear i 's gur e a toradh an aon taic beòshlaint a th' agam. Tha eagal orm nach seas i am-feasta, ach 's dòcha gun tèid agaibhse air rudeigin a dhèanamh a chuireas am feabhas i. Mas e ur toil e, ni sibh ùrnaigh air a son."

Cha tàinig air riamh roimhe a leithid siud a dhleasnas a chuartachadh, ach cha bu toigh leis Iseabail a dhiùltadh uile-gu-lèir. Chaidh iad a-steach dhan bhàthaich còmhla. Bha a' bhò bhochd na sìneadh sa bhuaball is cnead a' bhàis na bus. Chrom Mgr Eòghann ceann-rùisgte os a cionn is thuirt e gu sòlaimte: "Ma bhios tu beò, bi beò, 's mura bi thu beò, bi dol." Nuair a dh'fhosgail e a shùilean, chunnaic e snàth clòimhe ceangailte mu amhaich na bà. Tharraing e thuige e le cromag a bha air a bhristeach is thug e an aire gun robh an snàth air a thoinneadh air dòigh àraidh. Dè tha seo a' ciallachadh, Iseabail?"

"Sin," ars ise, "snàth a rinn Seònaid ruadh airson gun togadh e an droch shùil dhith, agus thuirt i mura biodh a' bhò na seasamh eadar èirigh is dol fodha na grèine a làrna-mhàireach nach biodh i beò.

Bha sin a' bhòn-dè is tha i na sìneadh fhathast, 's tha eagal orm nach èirich i am-feasta."

"Chan eil mise a' creidsinn ann am buidseachd idir," ars esan, "ach inns dhomh an do rinn i rud sam bith eile."

"Rinn. Bha i a' cantail rainn nèonach fhad 's a bha i a' cur toinneimh san t-snàth. Cha robh mise a' tuigsinn facal de na bha i a' ràdh; bha a' chuid mu dheireadh den rannaghail aice car mar seo: 'Tha e an dàn … chan eil e an dàn … rud a tha an dàn tachraidh e.' Tha sgoil-dhubh gu leòr aice-se. Nì i corp-creadha cuideachd, agus bheir mise dearbhadh air dhuibh. 'S dòcha gu bheil cuimhne agaibh mar a thachair do Sheumas MacAlasdair san Uachdar o chionn chòig bliadhna. Bha e a' suirghe air Sìne bhàn is gheall e a pòsadh, ach cha robh guth air a' chùmhnant sin nuair a thàinig tè spaideil air chuairt à Glaschu; 's ann a thòisich e air dèanamh suas rithe is cha b' fhada gus an cualas gun robh e a' dol ga pòsadh. Chuala màthair Sìne a' bhruidhinn a bh' ann is thuirt i: 'Cha tig an dìle a bhios a' bhanais sin aca.' Dh'fhalbh i gu fiataidh falachaidh an oidhche sin fhèin gu taigh Seònaid agus thug i oirre corp-creadha a dhèanamh a chuireadh Seumas na shìneadh. Bha an t-òigear sin slàn fallain aig an àm, ach ann an latha no dhà bha e air an leabaidh le dhruim cho goirt 's nach b' urrainn dha èirigh. Bha e seachd seachdainean gun chothrom car cosnaidh. Ghabh an tè Ghallta fadachd is dh'fhalbh i. Nuair a chaidh Seumas am feabhas, thill e ri Sìne 's cha do leig i oirre gun tàinig tè eile riamh eatarra. Saoil sibh nach e an corp-creadha 's na bioran a bha Seònaid a' cur an sàs ann a chuir Seumas gu laighe leapa?"

"Nach faoin thu fhèin a' creidsinn a leithid sin de chuilbheartan. Tha cuimhne agam mar a thachair do Sheumas. Thuirt duine sgeileil gur e leum-droma a bh' air 's gur e altabadh a dh'adhbhraich e, a' togail ultach trom aithghearr 's ann an dòigh cheàrr, agus gum bu chòir do dhuine a bhiodh a' togail rud trom còig òirlich dheug a bhith eadar a chasan aig seasamh-buinn 's na fèithean lùthaidh na cholainn a bhith an grèim còmhla 's a' togail cothromach. Bho nach do rinn e seo, chuir e sliseag no dhà a-mach à àite ann an cnàimh-an-droma. Siud agad siud ma tha … thusa 's do chorp-creadha 's do shnàithle.

'S ann a tha a' bhò air thogail le cion bìdh 's cha chuireadh i droch fheum air purgaid, oir tha tàmhaidh on earrach na broilean. Bruich prais lit' eòrna le dà phunnd ime na mheasg. Nuair a bhios an lite fuar, thoir taosg cuinneig dhan bhrùid bhochd agus uimhir sin a-rithist feasgar. Cùm sguab arbhair rithe cho fad 's a dh'fheumas i sin. Tha mi a' faicinn gu bheil a dhà no trì chruachan fhathast aig do nàbaidh; bheir e fodar dhut an-asgaidh, chan eil agad ach iarraidh. Rugadh is dh'àraicheadh mise air baile-fearain an Cinn Tìre, far an d' fhuair mi eòlas air sprèidh.

San dealachadh, chomhairlichinn thu Seònaid ruadh a sheachnadh 's gun feairt a thoirt air a cuid buidseachd; cha do rinn a seòrsa feum riamh do dhuine no do ainmhidh." Siud mar a dhealaich iad.

Chaidh Iseabail a dhèanamh lit' eòrna is chùm Mgr Eòghann air a chuairt. An-ath-sheachdain 's e a a' gabhail sràid seachad air iomaire

Iseabail, chunnaic e a' bhò cho sunndach ag ionailt le fuaim fallain air a h-uile beum feòir a bha i a' gearradh. Bha Iseabail faisg air làimh ag amharc cho moiteil. Cha robh tè eile san àite cho taingeil, toilichte rithe.

(Cha ruigeadh i leas uallach a bhith oirre mu gheamhrachadh na bà; gheibheadh i eallach fodair ann an iodhlann sam bith far an robhar a' cur cruach a-staigh. Bha na tuathanaich fialaidh is chuidicheadh iad neach air am biodh Uireasbhaidh. Bha an sluagh ann an iomadh seadh ann an suidheachadh na b' fhèarr na tuath tìr-mòr. On treas linn deug b' e an ceann-cinnidh an t-uachdaran is bha iad mar aon teaghlach mòr, dlùth dha chèile).

Bha treubh Mhic 'ic Ailein a' leantail seilbh na h-oighreachd gus an do cheannaich coigreach i anns an naoidheamh linn deug.

Tha tobhta mhòr Dhùin Bhuirigh a' seasamh nan siantan fhathast mar chuimhneachan air Ami NicRuairidh a thug aoidheachd do Raibeart Brus cuid dhan ùine a bha e fon choill. Bha iad an cleamhnas a chèile. (Chan eil teagamh nach e biadh beairteach, blasta is spiorad eachdraidh Dhùin Bhuirgh a chuir spionnadh ann gu buaidh a thoirt air ar nàmhaid aig blàr Allt a' Bhonnaich!) Nuair a bha an ruaig air a' Phrionnsa Teàrlach is geall air a cheann, fhuair e greis falaich air eilean Fhuidhaigh mu chòig mìle an ear air Dùn Bhuirigh. Ged nach robh suidheachadh Theàrlaich cho cofhurtail, no a chùis cho gealltanach, bha sliochd a' chinn-chinnidh a' riaghladh na h-oighreachd fhathast agus dìleas mar bu dual. Bha Mac 'ic Ailein a' còmhnaidh am Baile nan Cailleach. Bha a bhràthair an Airigh Mhuillinn far an robh fearann chòig peighinn aige, agus an coimeas ris bu mhòr an t-eilean aig fear Bhaile nan Cailleach a fhuair an t-ainm 'Peighinn nam Fadhla' fada ro latha-san.

Bu bheag am bonn ud mar mhàl ach gu leòr, ri taobh sgrìobhaidh co- cheangailt', airson lorg laghail a chumail air còraichean a' phrìomh uachdarain. (Air a' mhodh cheudna, Peighinn Mhuire a' comharrachadh talamh leis an eaglais.) Co-dhiù, tha 'n treubhantas a rinn Flòraidh Airigh Mhuilinn iomraiteach ann an eachdraidh. Fhuair Peighinn nam Fadhla urram mar an t-àite anns an do rinn i ullachadh seòlta len tug i am Prionnsa tèarainte tron chearcall chunnartach a bha ga chuartachadh an tòir air a bheatha – an t-arm dearg air tìr agus soithichean cogaidh air a' Chuan Sgìth.

Tha an t-eilean seo còmhnard is a mheadhan cho ìosal 's gu bheil leigeadh air a ghearradh troimhe a dh'fheumas a bhith air a chumail fosgailt' gu talarnh-àitich a ghleidheadh tioram air gach taobh. Bu mhath fios a bhith aig luchd-sgrìobhaidh nach eil idir beinn chomharraicht' ann air an ainmich' àite sam bith, ach bha peighinn a' seasamh o linn gu linn, Peighinn nam Fadhla, 's chan fharainm air e.

Aig toiseach ar sgeòil bha daoine trang a' treachaidh na talmhainn (agus aig crìochnachadh curachd bhiodh iad sa mhòintich le troidhsgein a' gearradh 's a' cosnadh connadh na bliadhna. Bha cruach mhòr mhòna aig gach taigh mus do thòisich buain.) Dh'abaich foghar geal, grianach torradh tomadach a lìon na h-iodhlainnean aig an dlùthadh.

Cha bhiodh bò Iseabail tuilleadh air thogail le èis! Bha tuath an eilein sa na b' adhartaiche na bha iad an iomadh àit' eile. Ged tha ceud bliadhna on àm ud, bha speal air tighinn a-staigh an àite corran is eich le cruinn iarainn a' treabhadh. Bha a' chas-chrom air a crochadh seachad mar shlabhraidh gun fheum an taigh MhicÙisdein, facal a theirear fhathast mu rud a th' air a leigeil à cleachdadh. (Tha e coltadh gum biodh MacÙisdein san Iuchar tric aig muir na eathar le gath air ball fada a' sealg nan cearban. 'S i a' phrais mhòr an crochadh air slabhraidh a leaghadh na grùthain a ruitheadh òla a dhèanadh solas sa chrùisgein, smiaradh chaorach is nithean eile, ach chuir ola ghlan mèinnean Labhdaidh crìoch air uidheam MhicÙisdein.)

Bha daoine coingheallach, èasgaidh gu bhith a' cuideachadh a chèile. Bhiodh coimhleigeadh ann aig àm na buana feuch cò chuireadh a' chailleach air a' choimhearsnach. Nuair a dhèanadh e sin, rachadh e ga chuideachadh. Air oidhche fhada gheamhraidh bu taitneach an taigh-cèilidh far an tigeadh muinntir cho faisg air a chèile ri còmhradh càirdeil, a' gabhail seann òrain, ag èisteachd seanchaidh aig am biodh ionmhas beul-aithris nan linntean.

Bha am ministear 's an sagart a' cur gu buil an spioraid a bha an Salmadair o shean a' moladh:

O feuch cia meud am maith a-nis
'S cia meud an tlachd faraon,
Bràithrean a bhith nan còmhnaidh ghnàth
An sìth 's an ceangal caoin.

Bha iad a' co-obrachadh le frithealadh dhan fheadhainn a bha anfhainn le aois no anshocair. Bha Mgr Eòghann na bu shine 's cha seasadh e fuachd is fliuchadh cho math, agus chuir sin gu laighe-leap' e toiseach an earraich. Fad cola-deug, cha b' urrainn dha grèim bìdh no balgam dibhe a shlugadh le droch at-bràghad a bha air thuar a thachdadh. Chaidh an t-iomradh feadh an eilein gun robh e air fàs cho lag 's nach robh faothachadh ann dha ach am bàs. Nuair a chuala Iseabail cho bochd 's a bha e, chuimhnich i air a' choibhneas a nochd e dhi nuair a bha trioblaid aice agus chaidh i a choimhead air. Thuirt a bhean rithe gum faodadh i seasamh tacan aig taobh na leapa. Rinn i sin, ag amharc cho muladach air. Chrom i os a chionn, dhùin i a sùilean 's rinn i ùraigh mar seo: "Ma bhios tu beò. bi beò, 's mura bi thu beò, bi dol."

Rinn an duine bochd lasgan mòr gàire a spreadh an t-at. Fhuair e faochadh is feabhas am prioba na sùla. Ann an ùine ghoirid bha e a-mach 's a-steach slàn, fallain. Cha robh duine ann am Peighinn nam Fadhla a bha cho taingeil toilichte ri Mgr Eòghann.

An t-Iongnadh bu Mhotha

Bha Dòmhnall Beag na shuidhe air cnaig, cuach bhrochain aige na chrogan is e a' sèideadh 's a' sìor shèideadh, a' feuchainn ri a fuarachadh. Cò ruith suas seachad do cheann-leapa a' chidsin dhuibh ach Raghnall Rothach, an gille-each. Cha bu luaithe a bha e shuas na nochd e a-rithist, aonach air 's a chuid den t-saoghal air a sgioblachadh aige na bhreacan; a làmh dheas sìnte gu slàn fhagail aig a cho-chosnaich. Theannaich Dòmhnall a chuach eadar a dhà ghlùin is thog e anail bhàrr a bhrochain is thuirt e: "Cait a bheil dùil riut is dè do chabhag?" "'S e fàth chabhaig a th' ann," fhreagair am fear a bha na sheasamh cho an-fhoiseil. "Tha mi a' teicheadh lem bheatha, gun fuireach ri duais no fuasgladh fastaidh. Fàg do bhrochan ga fhuarachadh fhèin is ruith cho luath 's a rinn thu riamh gu bun an leigidh feuch an tèid agad air Teàrlach a thoirt à poll. Beannachd leat, chan fhaic thu mise tuilleadh." San fhacal bha e a-mach an doras.

Bha an t-altapadh an duathar air Dòmhnall Beag; 's ann a bha e na shuain chadail nar a dh'èirich Raghnall an glasadh latha a lorg an eich mharcachd a dh'fheumadh a bhith fo dhìollaid aig Mgr Seòras ro thràth-maidne airson coinneamh clèir a fhrithealadh an Càirinis. B' esan ministear Uibhist a Deas is bu leis Baile-fearainn Dhreumsdal mar roinn de theachd-an-tir. Cha rachadh e air turas gun an trì-bhliadhnach donn fodha. Thug bean a' mhinisteir Teàrlach air an t-searrach, cuimhneachan air a' Phrionnsa às leth an do rinn Flòraidh, piuthar a h-athar, treubhantas sàr chliùiteach.

Shiubhail Raghnall Rothach an toiseach na h-achaidhean ionailt, ach cha tàinig Teàrlach air fàire gus an do ràinig e an gearraidh, taobh Loch Druidibeag. Choisich e socair, seòlta thuige is rug e air a' ghamhainn gu claigeann a chur ma chluasan; ach leum e air falbh gu astar far an do stad e gus an robh làmh gu bhith air a-rithist. Lean an ruaig seo gu robh an gille seachd sgìth dheth. Fhuair e a chròdhadh mu dheireadh gu bogaich far nach b' urrainn a ghluasad a bhith ach mall. Luath no mall e cha robh an coimhligeadh ullamh idir. Nuair a chunnaic e an t-srian a' tighinn faisg air, shlaod e le spàirn a chasan is thug e ionnsaigh air an leigeadh leathainn a leum gu talamh tioram an taoibh thall, ach siud na theis-meadhan a bhuail e, fodha gu a shlinneanan. Thòisich Raghnall

60

Rothach le sgonn cabair air a bhualadh mun cheathramh-deiridh feuch an dèanadh e oidhirp air e fhèin a thoirt às. Bha na buillean a' sìor fhàs na bu thruime, gus an cuala e guth bagarrach cruaidh a' mhaighstir air a chùlaibh: "A bhiast an-ìochdmhor, an do mharbh thu fhathast e?" Theab an gille a dhol à cochall a chridhe. Theich e cho luath 's a bh' aige is cha do lasaich e gus an do ràinig e an cidsin dubh, ann a leithid de bhreislig 's nach robh fuireach ri innse mar a thachair.

Ruith Raghnall Rothach na trì mìle deug dhan Uachdar, Peighinn nam Fadhla, gun anail a leigeil. Sin far an robh a dhachaigh, ach cha robh tèarainteachd dhàsan a-steach air crìochan sgìreachd a' mhinisteir. Ann an latha no dhà fhuair inntinn faothachadh: chual' e gun robh fear-airm an taigh-òsta Ghramsdail a' tairgsinn tasdan an rìgh do òganaich a ghabhadh san arm cheangailte. "An tèid thusa ann?" ars an teachdaire. Cha bu ruith leis ach leum: sìos a ghabh e a' coiseachd cho dìreach 's cho cinnteach ceum 's nach b' urrainnear a dhiùltadh. Aig naoi-deug bha e fearail, foghainteach. An ùine ghoirid bha e an còmhlan dà-fhichead a sheòl à Loch na Madadh air pacaid Dhùn Bheagan.

À sin choisich iad gu aiseag Chaoil Reithe, tarsainn beanntan Ghlinn Eilg, is Ghleann Seile gu Gearasdan Àird nan Saor. Thug iad bliadhna an sin, a' losgadh agus a' làimhseachadh mosgaid le beigleid agus a' cleachdadh gach car a chuireadh spionnadh tapaidh annta nan tigeadh cogadh.

Bha fathann gun robh e cha mhòr am bun na h-ursainn; gun robh feachdan do-àireamh Bhonaparte air feadh na h-Eòrpa, air thuar gach rìoghachd a chur fo cheannsal is fo chìs.

Sheòl na Gàidheil ghaisgeil le iollach pìobaireachd a' teasachadh brosnachaidh blàir nam broilleach, mar bu dual dhaibh. Chuireadh iad air tìr am measg shiabain is mhurain, agus thug iad buaidh air an nàmhaid a h-uile ceàrn a sheas e cath. Fhuair Raghnall Rothach lèon coise aig Coruna. Cha do chuir sin stad air; cha mhotha a chuir allaban no cruadal tilleadh ann. Bha e an treun a neirt aig Bhatarlu nuair a chuir iad crìoch air cumhachd Bhonaparte. Aig ceann aonta shaighdeireachd, thill Raghnall Rothach dhachaigh a mhealtainn a shaorsa. Bha na troich mhaodalach, sgriosail air à eilein eile nach robh idir cho còir no cho ciatach ri Peighinn nam Fadhla.

Tha sia bliadhna fichead o fhuair mi mo sgeul aig Eòin MaclleChriosd, seann seanchaidh urrasach a chuala na òige bodach a bha na spuachlach balaich nuair a thàinig Raghnall Rothach dhachaigh. Bhiodh e ga èisteachd san taigh chèilidh ag aithris na dh'èirich dha o chosnadh Dhreumsdal gu Bhatarlu. Dh'fhàsadh e cho beòthail aig an ìre sin den eachdraidh. Dhèanadh e sgrìoban le bioran san luatha a' sealltainn suidheachadh nan armailtean. 'S ann am feachd nan each a bha Bonaparte a' cur bun an latha fuilteach ud. "Sheas sinne," theireadh Raghnall, "nar sreath fhada ri oir-fèithe a thug nam chuimhne Leigeadh Dhreumsdal, a h-uile fear againn gu dùblanach deiseil le beigleid deàrrsach am bàrr gunna gam feitheamh. Thàinig iad le straon beithir; chan fhac iad riamh am basadair bogaich chon an robh iad an sàs gu bàs ann. Sgap is theich na bha beò de armailt mhòr na Frainge. Fhuair an saoghal fois."

Bha Raghnall Rothach a' dol mun cuairt am measg a luchd-eòlais le naidheachdan gu leòr, air a dheagh dhòigh gus an d' fhuair e pasgan phàipearan a' soilleireachadh riaghailtean co-cheangailte ris an duais bhuan a bha am bitheantas dligheach dhaibhsan a shlànaich aont' na saighdeireachd; dh'fheumadh treist ministeir na sgìreachd a bhith an taic an tagraidh agus sin a bhith air ais an Lunnainn mus ruitheadh latha is bliadhna a-mach. Chaidh sin gu dragh inntinn dhan duine bhochd. An ceann gach seachdain, choimheadadh e air na pàipearan mìthealach, bog balbh a' dol tro smaointean, is thilleadh e an cròglach le osna a sheotal ciste. Bha a phàrant madainn thràth a' gabhail ealla ris na sheasamh san doras, deise Didòmhnaich air agus a shùil gu deas, e a' bruidhinn ris fhèin: "Thèid, cha tèid; thèid, cha tèid." Thuig iad gum b' e seo an ceann-latha 's gun robh cas a' falbh is cas a' fuireach. Thuirt athair: "Chan eil ann ach gum feum thu falbh an-diugh air neo do chòraichean a chall, is cha bheag an call tighinn às taigh cunbhalach a mhaireadh dhut fad do bheatha."

Bhrosnaich a mhàthair e cuideachd. "Bi falbh, a laochain, 's na biodh eagal ort. Tha Mgr Seòras air caoineachadh le aois a g u s 's dòcha gur h-ann a bhios e toilichte d' fhaicinn – aig a' char as miosa chan urrainn each do dhiùltadh." Dh'fhalbh Raghnall Rothach air an comhairle. Bha a' ghrian an cridhe na h-àird a deas nar a bhuail a' bhuille bheag, ghealtach air doras-cùil Taigh Dhreumsdal. "A bheil e fèin a-staigh," thuirt e ri searbhant a dh'fhosgail dha. "Chan eil ach bithidh an ùine ghoirid." "Ma tha, 's ann a thèid mi air chèilidh dhan chidsin dhubh," fhreagair e.

Bha na sgalagan air leigeil às airson tràth-bìdh a' mheadhain-latha. Cha do thàrr each crathadh làimh a thoirt do Dhòmhnall Beag nuair a nochd an nighean, ag iarraidh air a' choigreach a leantail gu seòmar sgrìobhaidh a' mhinisteir. Chuir Raghnall na pàipearan an làimh an duine a sheachain e cho fad 's a b' urrainn dha. Cha robh air a seo ach seo fhèin gus an do leugh e ainm an t-saighdeir 's a thuig e cò bh' aige. Thàinig gruaim air a ghnùis is chuala Raghnall Rothach a-rithist an guth cruaidh cronachaidh a thug air aghaidh a chur air cunnart cogaidh a roghainn air fastadh fasgach far am biodh a laighe is èirigh dha gun ghàbhadh.

"Tha cuimhne agad mar a dh'fhàg thu. Teàrlach truagh an impis a bhith bàite agus mise nam ònrachd a' grunnachadh sa pholl. Theich thu is rinn thu bristeadh muinntireis. On latha ud a chaill mi a' chlèir 's a theab mi sàr nan each a chall, chan fhacas thu chon a seo is dùil agad ri fathamas bhuamsa. Cha chuir mi m' ainm ri do chuid phàipearan mura h-inns thu dhomh le fìrinn, ann an riochd a riaraicheas mi, an t-iongnadh bu mhotha de na h-iongnaidhean a chunnaic thu eadar d' fhalbh 's do thilleadh."

Ghlac Raghnall Rothach às ùr a mhisneach a chaill e an latha a fhuair e an litir a bh' air a' bhòrd, agus fhreagair e: "A Mhgr Sheòrais, bha e riamh na adhbhar nàire 's aithreachais dhomh a h-uile uair a chuimhnichinn air a' chàs san do dh'fhàg mi sibhse 's Teàrlach. Chunnaic mi e air mo thighinn dhan bhaile is rinn sinn rèite; shlìob mi e 's leig mi cuairt a dh'iomall an arbhair e. 'S e fhèin a tha a' cumail ris. Tha e a' coimhead 's a' faireachdainn cus nas fheàrr na tha mise an-dràsta. Le ur cead, innsidh mi gun fhacal brèige an t-iongnadh bu mhotha a chunnaic mi sna shiubhail mi dhan t-saoghal. Bha sin an-diugh; fhuair mi Dòmhnall Beag sa chidsin dhubh mar a dh'fhàg mi e, na shuidhe air cnaig le cuach bhrochain na chrògan is e a' sèideadh 's a' sìor shèideadh a' feuchainn ri fhuarachadh. Cha robh fhios a'm riamh gun toireadh brochan còrr is fichead bliadhna air fuarachadh. Sin, a Mhgr Sheòrais, an t-iongnadh bu mhotha a chunnaic mise." Thog am ministear ite geòidh is sgrìobh e ainm, le lasgan cridheil gàire.

Mo Sgoil, mo Chompanaich 's mo Chù

Air chuairt an Uibhist a Tuath an-uiridh, chunnaic mi feadhainn a chuir nam chuimhne làithean ar n-òige còmhla. Bha sia fichead a' dol do Sgoil Cheann a' Bhàigh agus sianar luchd-teagaisg againn, le Dòmhnall MacAlasdair air an ceann, duine a bha cho socair, somalta na dhòigh 's gun gabhte brath air an-dràsta is a-rithist. Bhiomaid uairean aimlisgeach. Thachair sin an latha a chuir sinn tarbh Chnoc an Torrain a chòmhrag ri tarbh à Baile Mòr aig an cead. Bha an sgoil faisg air sgaoileadh mus do thill sinn gach tarbh gu a threud fhèin. Fhuair sinne an rud a thoill sinn, stràcan den leathar chruaidh air ar boisean; agus an dèidh sin thug e oirnn dealbh nan tarbh a tharraing le cailc air a' bhòrd-dhubh. Cha robh sinn ann ach gillean; bha na nìonagan na bu stòlta, air an glùin am measg nan neòinean ag iomairt fhaochag. Tha mi an dòchas gu bheil an cleas innleachdach sin air a chleachdadh fhathast.

Bha cuimhne aig mo cho-aoisean air cù a bh' agam a bha sònraichte glic is luath. Is iomadh rud a chunnaic iad e a' dèanamh nach dèanadh fear eile. Is e Help a b' ainm dha nuair a fhuair mi e aig Herret Bhàn Hasdain. Thug i e à Peighinn nam Fadhla, ach dh'fheumadh i dealachadh ris is i a' dol a pòsadh. Dh'fhàg mi an t-ainm air; is e an aon fhacal Beurla a bh' aige co-dhiù. Cha do bhruidhinn mi riamh ris ach Gàidhlig. Thuigeamaid a chèile gun iomrall sam bith anns a h-uile siubhal is sireadh seilge ri am bitheamaid. Bha e car luasganach an toiseach; latha no dhà an dèidh dhomh a thoirt dhachaigh, theich e nuair a bha mi anns an sgoil. Bha dùil a'm dol ga iarraidh feasgar Disathairne; ach cò thadhail an t-Hasdain a' mhadainn sin ach am maighstir-sgoile.

Chòrd an cù ris agus thugadh dha e. Nuair a sgaoil an sgoil Diluain, chunnaic mi Help aig doras an taigh-chòmhnaidh. Rinn mi fead is ruith e thugam. Thug mi dha mìr a bh' agam nam phòcaid is lean e mi toilichte gu leòr. Cha b' fhada gus an cuala am maighstir-sgoile mar a rinn mi. Sa mhadainn Dimàirt mun do thàrr mi suidhe, dh'fhaighnich e an tug mi an cù air ais. Thuirt mi gun tug agus nach dealaichinn ris fhad 's a bu bheò e. Cha do chuir e an còrr dragh orm.

Bha tuigse is fàileadh neo-chumanta aig Help. Chaidh e do Hasdain latha na bainnse leis fhèin is dh'fhan e ann ceithir latha a' cagnadh chnàmhan. Nuair a bha e buidheach, thill e dhachaigh is cha do ghluais e air cuairt fhuadain ach siud.

Far an do bhris an Cuan an Iar le gailleann gharbh gheamhraidh bearradh cladaich eadar machaire Phaibleasgearraidh is Bhaile Ràghnaill o chionn dà cheud bliadhna, tha sàl-taimh a' sìneadh astar an ear anns a bheil dà linne mhath lèabag; an Dìg Mhòr a tha cho domhainn is gur ann le slait as fhasa a h-iasgach agus Fadhail Thormoid air am freagarraiche brod.

Nuair a thigeadh samhradh, bhiodh triùir no cheathrar ghillean ag iasgach na Dìge, ach bhithinn-sa iomadach latha a bharrachd ann. Thogainn lugachan aig an cead, faisg air an sgoil, agus nam biodh toiseach lìonaidh air mu thrì uairean, leigeadh am maighstir-sgoile air falbh mi. Ach nan dèanainn sìon ceàrr an làrna-mhàireach, bhuaileadh e a rùdain air mullach mo chinn 's chanadh e: "Sin Dìg Mhòr agad!"

Làithean grianach is fèath nan eun ann, nam faiceadh banntrach Ghilleasbaig Fhearghais is bean Fhionnlaigh mi nam ruith tarsainn Phaibleisgearraidh le brod air mo ghualainn is Help nam chois, sìos a rachadh iad, casrùisgt' is crios-fhèillidh orra a' togail iochdair an còta drògaid cromadh no dhà os cionn na glùna, gus nach fliuchadh an grunnachadh an cuid aodaich. Cha b' e sin dhòmhsa; cha bhiodh sgòd tioram orm ach an currac air mo cheann. Ghrunnaichinn an doimhne an toiseach is ghlacainn lèabagan mòra. An dèidh dhomh ruith mhath a thoirt air an linne, chuirinn an cù a-mach na b' fhaide is shnàmhadh e sìos is suas, a' dèanamh bogadh-feannaig an siud 's an seo, a' trusadh nan lèabag gu tanalach.

Rachamaid greis air tìr gus an laigheadh iad air leapannan ùra. Sin far am faigheadh mnathan an fhèillidh cothrom orra. Leanadh am brodadh gus an cuireadh an lìonadh dhachaigh sinn le gadan troma de iasg cho blasta 's chaidh riamh am beul. Ruigeadh roinn dheth daonnan taighean anns nach robh iasgair.

Aig an àm ud bha sia teaghlaichean air Eilean an Dùin Duibh, a-mach o chladach an ear Loch Shanndairidh. Chan e a h-uile duine a bha cho calma riutha ged bu chruaidh an crannchur. 'S e mu acair meudachd an eilein. Cha robh ploc fearainn aca ach an stall air an do thog an sinnsirean taighean le clachan an Dùin aig an àm fuadaich. Tha e a-nis fàs falamh, a h-uile làrach am falach fo luachair is fo shealastair. Cha deach teine a thogail no a smàladh an siud o chionn leth-cheud bliadhna. Bha Iàn taighe a chloinn aig Dòmhnall Eàirdsidh an Eilein is bu dripeil e a' cumail bìdh riutha; ach bhiodh leasachadh annlain aca nuair a thigeadh lachan chun an locha. Mar bu trice thuiteadh an tè air an losgadh e le a mhosgaid cho fada a-mach is nach ruigeadh oirre. Thigeadh e ga innse dhomh is cha robh agam ach iarraidh air Help falbh cuide ris is an t-eun a thoirt thuige. Cha do dhùlt e riamh.

Thàinig aon latha triùir aig an robh sealg Bhaile Ràghnaill. Loisg iad urchraichean gu leòr air lachan riabhach a bha a' falbh 's a' tighinn. Thuit a trì dhiubh a-muigh anns na duilleagan-bàite 's cha toireadh an cuid chon a-staigh iad. B' fheudar dhaibh am fàgail an siud. Cho luath 's a dh'fhalbh na sealgairean, chaidh mi le Help gu bòrd an locha is sheall mi dha far an robh na lachan. Cha chuireadh duilleagan-bàite no basadair sam bith eile tilleadh air-san. Thug e thugam na trì. Is ann orm a bha a' mhoit a' ruith dhachaigh leotha; ach cha b' fhada gus an do thionndaidh mo ghean gu gruaim. Nuair a nochd mi staigh, thuirt m' athair: "Cha leig thu às do làimh iad gus an sìn thu seachad iad dhaibhsan dom buin iad."

Thuirt mise gun grodadh iad air an locha mura b' e Help. Ach cha robh diùltadh ri bhith ann; b' fheudar dhomh falbh air mo bhuille-trot. Thug mi iad do shearbhanta is dh'inns mi gur e mo chù a fhuair iad. Cha robh mi ach air tionndadh air falbh nuair a thàinig Sasannach às mo dhèidh is chuir e leth-chrùn nam phòcaid ge b' oil leam; bu bheag agam e an coimeas ri na bha mi a' fàgail. Mhol e an cù is bheireadh e prìs mhòr air nan reicinn e. 'S e duine beairteach a bh' ann, ach cha dèanainn-sa iomlaid air na bh' aige den t-saoghal. Bha mi cinnteach nan rachadh Help do Shasainn, far nach faiceadh e tuilleadh mi is nach cluinneadh e facal Gàidhlig, gun cuireadh an cianalas crìoch air an ùine ghoirid.

Bha coineanaich cho lìonmhor 's gun robh mòran den mhachair air a mhilleadh aca. Bu mhath an obair a bh' aig Help a bhith a' tanachadh an àireimh. Is iomadh feasgar a bhiomaid air an tòir. Cha robh toll an coilleig air nach robh e eòlach. Liùgadh e suas gu fiataidh is bheireadh e leum às a chuireadh nan laighe teann ri talamh iad am falach le eagal. Bheireadh e thugam iad beò; fear mu seach. Chuirinn crìoch ghrad iochdmhor orra, a' bristeadh snàithle cnàimh an droma. Nuair a bhiodh eallach againn, dh'fhàgamaid an còrr gu latha eile.

Bu toigh leam fuireach greisean an taigh bràthair m' athar, Ministear Thrumaisgearraidh, a' cheàrn as brèagha de na h-Eileanan an Iar. Bha geàrran lìonmhor ann is lochan le bric mhòra. Bhithinn ag ùrachadh

66

m' eòlais air companaich ghasta à Dùn Èideann, mic Sheoc an Òir, a thigeadh a h-uile bliadhna gu seann dachaigh an athar nuair a dhùineadh an àrd-sgoil; bha ar n-ùidh ann an nithean co-ionnan. Aig sìneadh na h-oidhche san Lùnastal, bhiodh cèilidh cuireadach againn ann an taigh Ceit Chaluim, cailleach aoigheil nach do chaill inntinn na h-òige, aig an robh taigh glan tughaidh is an t-ùrlar daonnan geal le brat gainmhich. Bhiodh òrain mhath Ghàidhlig againn, sgeulachdan, ceòl fìdhle is pìoba. Thadhladh Uilleam Sheoc an taigh a' mhinistear a h-uile latha. Chuala mi bràthair m' athar ag ràdh uair is uair gur e balach cho grinn is cho gealltanach 's a chunnaic e riamh, agus gun robh e cinnteach gun èireadh e gu inbhe àrd is urramach na latha. Thachair mar a thubhairt e. O chionn deich bliadhna bha mo bhean is mi fhèin air chèilidh na thaigh, calpa de Thaigh na Pàrlamaid. Fad an fheasgair bha sinn a' bruidhinn air làithean sona ar n-òige ann an Trumaisgearraidh. Nuair a thagh e dà ainm mar thiotal morair, b' e aon dhiubh Bhàlaidh, òb àlainn, geal far an do shnàmh sinn tric an teas an t-samhraidh. Chaidh a chliù fad is farsaing ann an riaghaltas na rìoghachd is na h-Ìmpireachd. B' e Fear-ionaid na Ban-rìgh an Astràilia aig àm a bhàis. Is mòr am meas a bha air fad a bheatha.

Tha cuimhne agam turas a chaidh mi do Thrumaisgearraidh gun do dhfhàg mi Help aig an taigh. Dh'ionndrainn e mi is ruith e an dusan mìle tarsainn na beinne feadh na h-oidhche. Bha e aig an àrd-bhuinn tràth sa mhadainn. Nuair a dh'fhosgladh an doras, suas a ghabh e gu taobh mo leapa. Shuidh e air a chorra-cnàrmh ag imlich m' aodainn gus mo dhùsgadh. Shaoil mi gun robh gàire fanaid na shùilean ag innse dhomh gum b' aithne dhàsan an t-slighe cho math rium fhèin. Chrìochnaich Help a shaoghal aig aois choltach a sheòrsa, crìonta, soitheamh, bàighail mar bu ghnàth leis. Chan fhaca mi cù tuilleadh a chuirinn na àite.

Thàinig atharrachadh air Uibhist agus sgaoileadh air mo cho-aoisean. Tha mo bheannachd aig na th' air an caomhnadh is m' ionndrainn air muinntir nach maireann.

Is faoin bhith fàisneachd
Mu na làithean tha gun teachd;
Aig Freasdal tha gach aon
an glaic a làimhe fhèin;
Ach 's math bhith smaointinn
is a' gabhail beachd

air gràdh tha sìorraidh chuireas ceart
na nithean borb is breun
Is math bhith cuimhneachadh
le mùirn is tlachd
Air coibhneas-gràidh
is comann caomh
Nam bliadhnachan a dh'fhalbh
Cluinnear cùbhraidh ceòl is guth
Bho iomadh beul tha balbh.

Cuireideas Cùirte

Gabhamaid ceum air ais dà ghinealach, agus thigibh còmhla rium gu Cùirt an t-Siorraim an Loch nam Madadh. Leigidh sinn ar n-anail gu tostach air an t-suidheachan-chùil as fhaisg air an doras. Èistidh sinn ris gach cuspair mu seach a thig air adhart, mar a shèidear na builg. Chluinn sinn cùis-chasaid, cùis-dìtidh is cùis na còrach. Chì sinn a bheil a' chòir mar a chumar i, 's cò 's fheàrr caraid sa chùirt na crùn san sporan.

A' chiad latha a sheallas sinn a-staigh, 's e Siorram Seadha a tha anns a' chathair. Tha e a' fuireach daonnan an Loch nam Madadh agus smior na Gàidhlig aige. Chan eil feum air eadar-theangair ann. Tha Tormod MacMhurchaidh air a tharraing le Ruairidh saor airson prìs leapa. Tha an ceasnachadh a' dol mar seo:-

SIORRAM: "An do rinn Ruairidh leab ùr dhut, a Thormoid?"

TORMOD: "Rinn le ur cead, seòrsa."

SIORRAM: "An do phàigh thu Ruairidh?"

TORMOD: "'S ml nach do phaigh!"

SIORRAM: "Carson nach do phàigh thu rud a fhuair thu?"

TORMOD: "Cha do chuir e crìoch oirre."

SIORRAM: "'S iongantach sin. Dè tha thu a' ciallachadh?"

TORMOD: "Tha siud mar siud. Cha do chuir e sgeilp innte."

SIORRAM: "Dè am feum a tha agad air sgeilp?"

TORMOD: "Nach fheum mi a' phìob 's an tombaca 's bogsa choinnein a bhith far an ruig mo làmh orra 's nach ruig làmh eile gun fhios domh?"

69

SIORRAM: "An do chuir thusa, a Ruairidh, sgeilp innte?"

RUAIRIDH: "Cha do chuir."

SIORRAM: "Cuiridh tu sgeilp san leabaidh 's pàighidh Tormod thu. Nach pàigh, a Thormoid?"

TORMOD: "Pàighidh, air a bhois a h-uile sgillinn, an dearbh mhionaid a chuireas e crìoch air an leabaidh."

An làrna-mhàireach chunnacas Ruairidh le sàbh is ord air a ghualainn is dèile na achlais a' dol gu taigh Thormoid.

Tha Iain MacAlasdair 'ic Iain an sin air a ghairm. Chan eil ann ach buaireas beag nàbachd. Tha a' choimhearsnach airson Iain a bhacadh o bhith a' gabhail aithghearrachd tarsainn a chuid iomairean.

SIORRAM :   "A bheil cairt agad, Iain?"

IAIN: "Tha."

SIORRAM: "A bheil each agad?"

IAIN: "Chan eil."

SIORRAM: "Dè am feum a nì cairt gun each dhut?"

IAIN: "Tha deagh làir agam."

Thug an Siorram binn a-mach air taobh Iain!

Chan fhaigh a' Ghàidhlig bàs, ach fhuair an Siorram Seadha, aig aois abaich. Bu mhuladach le ciontaich (cha robh iad lìonmhor) agus neochiontaich gur e Sasannach a thàinig na àite. B' e an t-àrd mhaor-sìthe an Loch nam Madadh, MacEanraig, a bh' air a thaghadh mar eadar-theangair. Agus bha sin aige ri dhèanamh, a chionn nach robh a bheag den Bheurla Shasannaich aig inbhich an Eilein Fhada sa ghinealach ud. Rud nach do chuidich an siorram ùr, b' ann air dòigh a tha an dàimh a bhruidhneadh e.

70

Latha bha siud 's e bodach à Loch a' Chàrnain, Aonghas mac Neill 'ic Aonghais, "Rob fhiasagach glas air dhroch sheasamh cas," a bh' ann am bogsa nam mionnan an toiseach, 's gun aon facal den chainnt Shasannaich na cheann.

SIORRAM: (ri MacEanraig) *"Tell him that he is to be put on oath; that he is to hold up his right hand; and that he must repeat exactly the words I say."*

MACEANRAIG: "Tha an Siorram ag iarraidh ort do làmh dheas a chumail suas; agus feumaidh tu mionnachadh, a' ràdh a h-uile facal a their e dìreach mar a their e iad".

AONGHAS: "Nì mi sin."

SIORRAM: "I swaya" (swear) …

AONGHAS: "I swaya" …

Cha chuala an Siorram dad riamh a bha cho fìor choltach ri ghuth 's ri chainnt fhèin. Rinn e lasgan gàire; cha b' urrainn dha leasachadh. Rinn, agus na bha an taigh na cùrtach.

Aig an àm ud bha Iain MacAonghais, duine coibhneil, èibhinn na mhaor-sgoile, agus aige ri clann Uibhist a Tuath a thrusadh a-steach do dhusan sgoil feadh an eilein. Bhiodh pàrantan a thigeadh gèarr san dleasnas seo air an toirt gu cùirt le Bòrd na Sgoile. Thachair sin do Dhòmhnall MacFhearghais, duine a bha seachd air leth-cheud mun do phòs e. Bha an aona mhac, Niall, air eiridneadh ro chùramach, ged a bha e cho slàn ri ròn. Nam biodh fras no fuachd ann, chan fhaodadh e dol don sgoil. Dh'fhàg sin athair aig cùirt an latha ud. O nach robh facal Beurla aig Dòmhnall, thàinig air MacEanraig eadar-theangachadh dha.

SIORRAM: *"Ask him why he is not keeping the boy in school regularly."*

MACEANRAIG: "Carson nach eil thu a' cumail a' ghille san sgoil cunbhalach. Feumaidh tu an t-adhbhar innse don t-Siorram."

71

DOMHNALL: "Chan eil brogan aige."

MACEANRAIG: *"My lord, he says the boy has no boots."*

SIORRAM: *"Tell him that I don't accept that as a valid excuse."*

MACEANRAIG: "Tha an Siorram ag ràdh nach seas sin mar leisgeul idir."

DÒMHNALL: "Faighnich dheth an robh brògan aige fhèin an uair a bha e a' dol don sgoil."

Chrom MacEanraig a cheann 's thòisich e air slìobadh fheusaig: bha sin air, feusag fhada, liath. Ach aon fhacal cha chanadh e.

SIORRAM: *"You must repeat the man's words in English for me."*

Cha leigeadh an nàire le MacEeanraig sin a dhèanamh 's dh'fhan e greis sàmhach.

SIORRAM: *(firmly)* *"I insist."*

MACEANRAIG: *"My lord, he told me to ask you if you had boots yourself when you went to school."*

Dh' èirich an siorram na chabhaig far na cathrach, thug e ceum no dhà chun na cagailt a bh' air a chùlaibh, thog e brod-grìosaich 's lean e tacan air brodanachadh an teine. Chan fhaiceadh an sluagh a bha 'n làthair aodann, ach chunnaic iad gun robh e air chrith, a' feuchainn ri a ghàire a chasg. An uair a fhuair e sòlaimteachd air a ghnùis a-rithist, thionndaidh e 's dh'iarr e air an eadar-theangair innse do Dhòmhnall nach rachadh a dhìteadh an turas so, ach gum feumadh e Niall a chumail san sgoil cunbhalach; agus gun robh aig Dòmhnall ri tighinn a-steach da sheòmar nar a sgaoileadh a' chùirt. Sin mar a bha.

Thuirt an siorram mar seo ri Dòmhnall: "Thug thu gàire orm an-diugh, is thug thu làithean toilichte m' òige nam chuimhne. Bha brògan agam nar a bha mi a' dol don sgoil; ach shuidhinn air fàl an rathaid, thilginn dhìom iad is chuirinn am falach iad ann an toll gàrraidh aig a' chiad tionndadh a bha gam thoirt à fianais mo dhachaigh. Chuirinn orm iad a-rithist air mo thilleadh. Bha mi airson a bhith casrùisgt' mar a bha gillean eile aig an àm ud. Ach gheibh thusa brògan ùra, aodach is rud sam bith eile a dh'fheumas Niall. Chì mise fear na bùtha a-rithist is pàighidh mi e.

Siud Dòmhnall sìos na ruith gu bùth Iain 'ic Eachainn le litir an t-siorraim na làimh. Ged a bha còrr is deich mìle aige ri mharcachd dhachaigh, cha do rinn e turas riamh cho inntinneach. Bha pasgain a bha feudalach da-rìribh ceangailte ris an dìollaid. Fhuair an siorram còir a bheannachadh. Nach bu mhath a b' airidh esan air a sin?

A' Chuairt Rìoghail

A' dol seachad air Creag Ealasaid, bidh am Britannia a' fàgail Galltachd air chùl, 's le seòladh uair an uaireadair, chì a' chàraid rìoghail 's na th' air bòrd gu bheil dà thaobh air a' Mhaoil. Mar a tha an turas-cuain a' cumail a tuath, 's ann as taitniche a tha gach tìr is tuineachadh a' fàs, agus tha eachdraidh iomraiteach aig a h-uile rubha air a bheil dùin mar a th' aig gach eilean mara. Togaidh a h-uile comharra air an stiùir corrag sùil aigne bheòthail na bànrigh; agus fàgaidh na chì 's na chluinn i dealbh thaisbeanach, shoilleir air clàr a cuimhne a thaisgeas i mar neamhnaid luachmhor fad a beatha. Anns a' chànain a bh' ann o chian 's a th' ann fhathast, taing don Fhreasdal, tha mìlseachd a' leantail ris a h-uile ainm is àite, mar gum biodh iad air an tomadh ann am muir meala aig tùs a' chruthachaidh agus gu bràth a' gleidheadh blàths garaidh is soillse na grèin' a thiormaich iad. Is buidhe agus blasta, leis na 's urrainn, an tionndadh nam beul.

Ìle, Diùra, Collasa, Latharna, Lios Mòr, Muile, Ì, Colla, Tiriodh is tuilleadh.

Is gealltanach toiseach tòisichidh nan tadhlaichean turais – an t-eilein ainmeil, Ì, far am faigh iad fois na Sàbaid agus fàileadh cùbhraidh lusan machrach air anail a' chuain.

Nì iad adhradh an annaid a choisrig Calum Cille o chionn 1400 bliadhna, làrach air an do las e solas Soisgeul nan saor ghràs, 's far an do sgaoil e ri na ceithir ghaothan bratach Phrionnsa na sìthe.

Saltraidh iad sòlaimte, socair air ionad naomh anns an do thiodhlaic na linntean co-chruinneachadh gun choimeas. An seo tha iomadh claigeann lom air an do shuidh crùn, maille ri manaich is maithean, tuath is tighearnan: 's ionnan duslach rìgh is an neach as ìsle staid. Mus fuasglar ball air bàta na bànrigh, bidh beannachadh air a thagradh, 's an an uair a bhios guth fonnmhor a' chomainn choigreach ag èirigh os cionn toirm nan tonn, fiosraichear leoth' an làthaireachd neo-fhaicsinneach.

Feadh sia làithean a siubhail, chì Ealasaid a' chuid as àillidh de h-Ìmpireachd 's an roinn as dìlse de na slòigh a tha i a' riaghladh. Bidh greadhnachas ga cuaineachadh is gàirdeachas ga coinneachadh aig a h-uile cladach air an cuir i cas.

Moch Diluain thèid i tuath, a' seòladh suas ri bruaich Latharna. Cumaidh Earra-Ghàidheal fèill an latha ud 's bidh sluagh mòr cruinn san Òban gu fàilte a chur air a' chàraid òig. An dèidh sin is e an ath stad Dùn Dhùbhairt, far an suidh iad aig bòrd-bìdh cuide ri MacGhillEathain 's ri mhnaoi. Gabhaidh iad rathad mòr an rìgh tro Mhuile, a' faicinn air gach làimh loinn bhòidheach nam beann 's nan gleann a h-uile ceum gu ceann a tuath an eilein; an sin còmhlaichidh an long iad mu fheasgar.

A' fàgail Tobar Mhoire, bidh fichead aitheamh sàile eadar iad is an t-òr Spàinnteach (ulaidh nach d' fhuaras). Ach cha lugha an luach a tha ri thional am measg nan nithean àghmhor air am buail an sùil gach taobh den t-slighe o Luain gu Didòmhnaich. Crathaidh còmhlan air gach carraig an àird brèidean brèagha le beannachd an àigh fhad 's as lèir dhaibh an long. Blàthaichidh an dà chridhe ri deagh-ghean dligheach nan Gàidheal. Is sòlasach an saoibhreas sin da-rìribh.

Far an Rudha Mhurchanaich, leagaidh am Britannia a cùrsa air Eilean a' Cheò le Eige, Rùm is Canaigh leis orra.

A-steach Caol Àcain bidh Dùn a' Mhaoil am faisg-fradhairc agus mòran dhaoine air bearradh a' chladaich. Cuiridh feadhainn fàilte air a' bhànrigh a choinnich a pàrantan an seo o chionn còrr is fichead bliadhna. Chan eil san dùn an-diugh ach tobhtaichean a tha liath le aois is glas le crotal; ach nan robh bruidhinn aig na ballachan ud, b' fhiach iad èisteachd riutha. 'S iad a dh'fhaodadh innse mu fhòirneart nan Lochlannach, mu chloinn Dòmhnaill Shlèibhte is tighearnan nan eilean, mu linntean borb nam birlinnean.

'S iomadh nì a tharrraingeas aire na muinntir mhòrail a' dol tron Eilean Sgitheanach; beanntan àrda, beàrnach, biorach; creagan a' dìreadh cas o oir tuinne; taighean-còmhnaidh cofhurtail faisg is fad o chèile; bailtean le bùithean is goireasan ùra; sprèidh air mòintich is àiteach air na srathan. Ruigear Dùn Bheagan agus mar is minig a bha, bidh fleadh a bhios fialaidh an lùchairt MhicLeòid.

Cluinnear ceòl MhicCruimein 's bidh bratach na sìthich' maille ri nithean feudalach eile air an toirt am follais. An uair a chuairtaichear bòrd, 's dòcha gun inns bean-an-taighe mun Ollamh Maclain a dh'òl sia cuachan deug tea aig an aon suidhe san dearbh sheòmar o chionn 200 bliadhna; cho daor 's gun robh an luibh laghach sin san àm. 'S math a chòrdas an t-Eilean ri Ealasaid 's ri a companach. Ma sgrìobhas iadsan mu gach àite a ghabh romhpa, 's ann le peann toinisgeil, taingeil.

Thèid an soitheach stàiteil gu muir a-rithist. Stiùiridh e air Maol Dòmhnaich, cnap cruinn, cruaidh a stad ann an slugan Bàgh a' Chaisteil. Tha seòlaid fosgailte a-steach seachad air 's ri taobh seann dùn MhicNèill air sgeir a tha fliuch gu a mullach air a' mhuir-làn. Tha ceud sgeul air aithris mun dìdean seo mar a tha co-cheangailte ri gach dìon den t-seòrsa. Feasgar Dimàirt bidh a h-uile Barrach, sean is òg, ge b' ann an achlais màthar no an taic bata, air a' bhad on fhèarr am faic iad a' Bhànrlgh 's an Diùc nuair a thèid iad ann an carbad na ceithir mìle deug rathaid timcheall an eilein. Is fradharcach fosgailte an t-slighe, gu h-àraidh an iar. Cò nach smuainich air dìomhaireachd a' chruthachaidh, le bhith a' leigeil anail ri taobh na tràigh a' gabhail beachd air a' chuan uaibhreach mhòr? 'S cinnteach gun tilg e seun air a' chuideachd 's gun cuirear stad air na rothan car tacain san t-siaban. Ruithidh stuagh an dèidh stuaigh gu bhith a' cromadh is a' sgaoileadh aig an casan, 's buailidh iad am boisean ri chèile mun till iad.

A' fàgail Bharraigh, fosglaidh Caolas Èirisgeigh san dol seachad mus cuir am Britannia a gualainn air Rudha na h-Òrdaig. Cinnidh cridhe caomhail Ealasaid blàth, is tionndaidhidh a sùil tais le truas a' cuimhneachadh air Teàrlach òg a thàinig air tòir crùin, a chaidh a chàradh le deagh-rùn nan uile air a ceann cuimir-se. Innsear dhi mar a fhuair am Prionnsa fasgadh falachaidh air an eilean bheag seo car tamaill.

Fàiltichidh mòr-shluagh na dùthcha, gillean an fhèillidh agus sàr-phìobairean an luchd-turais i air laimhrig Loch Baghasdail. 'S dòcha gun lean tannasg Theàrlaich iad feadh fearainn Chlann Ràghnaill, ach chan ann le diomb. Tadhlaidh iad aig carragh-cuimhne Airidh a' Mhuilinn far an do rugadh Flòraidh, tè cho ainmeil 's a th' ann an eachdraidh. Mu chòig mìle tuath air, chithear caisteal Ormacleit. Seachd bliadhna thugas ga thogail, seachd eile bha còmhnaidh ann. Chaidh e na smàl latha Blàr Sliabh an t-Siorraim. (Tha na ballachan fhathast cho slàn 's gun gabhadh mullach a chur air.) Bha iomadh àite-fuirich aig cinn-feadhna Chlann Ràghnaill eadar an Caisteal Tioram 's gach aitreabh eile. Theireadh a thuath air tìr-mòr, nuair a bhiodh ri thoirt 's an ceartas ri dhèanamh: 'Cò ris a nì mi mo ghearain 's gun Mac 'ic Ailein am Mùideart?' 'S ann an Uibhist a b' fheàrr 's am bu tric leis tàmh.

Is maiseach an sealladh a gheibh na coigrich, an ear air na trì beanntan. Cha do ghlac an Lùnastal riamh rùisgt' iad. 'S ann a bhios iad air an sgeadachadh le trusgan rìomhach purpair sìos gu sàilean, mar gun cuireadh iad orra e a dh'aon ghnothach airson an latha shònraichte ud.

A' seòladh seachad air Coradail, bidh am Britannia am fradharc na glaic far a bheil uamh a' Phrionnsa. A' gluasad dlùth air Seilaigh an Loch Sgioport, cha mhòr nach fhaod i suathadh am Bòrd a' Phrionnsa – creag chòmhnard sa chladach air an do ghabh Teàrlach 's a sgiobadh biadh cabhagach nuair a bha e a' teicheadh gu eilean Bhùidhaigh. Is lìonmhor àitean-falaich far an do theanachd dìlsean e, uaislean nach brathadh airson òir an domhain mhòir ged bu bhochd an staid is gann am maoin.

Letheach astair eadar Uisinis is Loch Sgioport tha lùb sa chladach nach eil furast' fhaicinn, an Acarsaid Fhalaich ('s chan fharainm air e.) Seo far an tàinig birlinnean Dhùn Bheagan le sia fichead Leòdach a thoirt ionnsaigh air a' chreach mu dheireadh a thogail oidhche mu Shamhain. Mharbhadh ceithir fichead dhiubh am Blàr an Drong (1594) faisg air Hough, far an robh an cath fuilteach mu dheireadh an Uibhist a Deas. Thuit Mac 'ic Ailein aig abhainn Ròdhag agus mòran Dhòmhnallach. Mharbh Gille Pàdraig Dubh le bhogha à saigheid naoinear de Chlann 'icLeòid a bha gan ruagadh air chùl Loch Druidibeag. Mharbh e tuilleadh dhiubh an oidhche sin aig an Acarsaid Fhalaich nuair a dh'èirich a' ghealach, ged a bha e seachad air aois cogaidh. 'S ann sa Ghearraidh-fhliuch, taobh Ghèirinis, a bha dachaigh an t-seann laoich. Thatar gu làrach Phàdraig a dhèanamh seasgair airson taighean a thogail do sgioba nan spreadhan beithir. On leig esan a bhogha-saighde às a làimh, nach iomadh innleachd a bh' ann!

Chì a' chuideachd Dùn Bhuirigh ann am Peighinn nam Fadhla na dh'fhàg na siantan den lùchairt san tug NicRuairidh fasgadh do chliamhain Raibeart Brus mun do ruaig e na Sasannaich aig Allt a' Bhonnaich, mar a tha beul-aithris ag innse. Chì i Ionad-itealan Bhaile a' Mhanaich agus gach àite machrach far a bheil rudan ùra gu bhith air an suidheachadh. Chì i mar a tha feamainn air a cur gu feum, ann an dòigh air nach do smaoinich bodach na ceilp riamh. Cluinnidh i glag air calanas, far an cuir breabadair sgiobalta clò san latha air choinneil le dìchill. Nar a shuidheas i aig biadh an taigh an uachdarain chòir, chan eil rathad nach bi i sgìth.

An Uibhist a Tuath, treòraichear a' chuideachd rìoghail gu seann tobhtaichean Teampall na Trianaid, faisg air a bheil Feithe na Fala, ainm a tha a' cumail air chuimhne Blàr Chàirinis (1601). Nochdar raon-itealan Sholais dhaibh. Chluinn iad mu a h-obraichean a tha a' dol air adhart 's a bheir cosnadh a chumas an òigridh nas suidhichte an eilean an àraich. O Mhullach Tobhtag na Mine, os cionn Cnoc an Torrain, chì iad sealladh cho bòidheach 's a th' anns an Eòrpa ann an eilean an àraich o mhullach Tobhtag na Miine agus Hiort air fàire, ma bhios an iarmailt glan.

Càit 'eil àit' as bòidhche na machraichean Uibhist, le geal-thràigh is coilleagan murain a' sìneadh trì fichead mìle o Chaolas Bharraigh gu Port nan Long, air oir a' Chuain Siar? 'S e cianalas an Canada a chuir an t-Uibhisteach gu bàrdachd. Dh'inns e an dà shreath na bha e a' miannachadh de shòlas an t-saoghail. B' e sin:

> "Iomair air machair an Ìochdair
> Is cuideachadh sìol buntàta."

Gu dearbh bu chall e nan tigeadh fògradh tuilleadh air sluagh às na h-eileanan – no à glinn na mòr-thìr.

Anns na Hearadh, a thug ainm don chlò air a bheil eòlas feadh an t-saoghail,-chì a' Bhanrigh an obair sin a' dol air adhart agus fiosraichidh i coibhneas an t-sluaigh. Thèid i o cheann gu ceann dheth agus chì i mòrachd nam beann is maise na mara an iar 's an ear.

Feumaidh Leòdhas fad latha dha fhèin, 's chan eil ùine airson innse dè na chì an comann rìoghail. Bidh mìltean a' feitheamh orra an Steòrnabhagh mhòr a' chaisteil. Chan eil bidean àrd sa bhaile air nach bi bratach a' crathadh fàilte.

Tha fios aig a' Bhanrigh nach eil na h-Ìmpireachd, a rèir meud, àite a chuir uimhir de dhaoine calma a dhìon a' chrùin san dà chogadh mhòr. Chì i an sgeir mhillteach a chuir an "Iolaire" dhan aigeal le còrr is dà cheud laoch cho dlùth air na dachaighean a bha gam feitheamh, 's nach faiceadh tuilleadh iad. B' e siud an oidhche bhrònach a bhris iomadh cridhe's air am bi cuimhne gu bràth.

Feadh a cuairt eadar Ì Chaluim Cille agus am Buta Leòdhasach, chì bànrigh Ealasaid an roinn as maisiche de a seilbh uile-gu-lèir, anns a bheil bòidhchead don t-sùil agus riarachadh do gach aigne; far a bheil an uaisle bu dual is dìlseachd a shàsaicheas an cridhe.

Is Math an t-Annlan an t-Acras

"A bheil an t-acras ort?" arsa fear mòr a sheas ri mo thaobh air bòrd a' *Ghlencoe* sa Chaol. "Tha", thuirt mise, "ach chan ith mi biadh gus an ruig mi Port Rìgh." "Is math gu bheil Gàidhlig agad co-dhiu," thuirt esan. "Bha mi san sgoil an Inbhir Nis suas ri bliadhna gun dol dhachaigh is mheal mi a call," arsa mise. Fhreagair e: "Tha mi air tilleadh à Astràilia, far an robh mi o chionn fichead bliadhna agus cha do chaill mi facal dhith. Chaillinn mo chogais, mo chuimhne 's m' uile bhuadhan mun dealaichinn ri teanga mo mhàthar, a' chànan as blasta a chualas riamh am measg chlann nan daoine. A bheil an rann seo aca an Uibhist?" "A' chainnt a labhair Oisean maoth, Cuchulain, Cumhal 's Diarmad – Na leig air dìochuimhn' cainnt nan laoch?" "Tha," thuirt mi is chuir mi crìoch air a' cheathramh mar seo: "Cha leig, a laoich, cha b' fhiach leam." "Is mi," ars esan "a bha air mo dhòigh an Glaschu an-dè; fhuair mi cothrom air a cluinntinn 's a bruidhinn gu mo shàth, rud nach do thachair rium o chionn bhliadhnachan. Ach cha d' fhuair mi fhathast biadh a chòrdadh rium, am biadh air an do thogadh mi – biadh a rinn diùlnaich de na gillean." "Is dòcha," thuirt mi, "gum faigh sibh am Port Rìgh e." Cha do dh'fhaighnich mi dè an t-annas no an t-annlan a bh' ann. Chrath e a cheann: "Chan fhaigh, a bhròinein, gus an ruig mi Sgalpaigh far an do rugadh 's an do dh'àraicheadh mi."

Cha tugadh an *Glencoe* na b' fhaide na Port Ruighe sinn. Dh'fheumadh luchd-turais a bha a' dol do na Hearadh 's a dh'Uibhist fuireach oidhche sa bhaile-puirt sin 's a bhith air bòrd an *Lochiall* aig sia uairean sa mhadainn làrna-mhàireach. "An aithne dhut àite math fuirich am Port Ruighe?" dh'fharraid an Sgalpach. Thuirt mi: "Tha taigh mòr snasmhor aig bean Dhòmhnaill Rois; 's ann a bha mi air mo rathad a dh'Inbhir Nis. Is ann orm a bha an cianalas. Bha farmad agam ris na gillean nach ruigeadh a leas dol don sgoil tuilleadh; ach bha bean Dhòmhnaill coibhneil rium. Tha mi cinnteach gum bi àite aice dhuibhse cuideachd."

Riaraich sin e, agus dh'innis e mar a bha e fhèin leis a' chianalas nuair a dh'fhàg e an dachaigh. Aig aois ochd bliadhna deug sheòl e le sgiobadh a thug bàta ùr a thogadh air Cluaidh a-mach gu buidheann-luingeis an Astràilia. Nuair a ràinig iad Sidnidh, fhuair e cead a choise; dh'fhaodadh e tilleadh dhachaigh air bàta eile no fuireach an siud. 'S e fuireach a rinn e – (fad fhichead bliadhna gun tighinn a-nall). Dh'fheuch e caochladh cosnaidh bliadhna no dhà, sa bhaile 's air an dùthaich. Thurrt e: "Rinn mi siubhal gu leòr, ach cha robh an t-òr cho pailt air blàr 's a shaoil leam." Chuimhnich mi air seanfhacal a bhiodh tric aig mo mhàthair – *Cha dèan cailleach luath maorach* – agus dh'fhastaidheadh mi air soitheach a bha a' seòladh eadar Astràilia, Sìona is Sealan Nuadh. Tha mi aig muir riamh on uair sin. Fhuair mi cuartagan de shìoman òir air currac is muilchinn, ged nach do ràinig mi ìre sgiobair fhathast." "Bu toigh leamsa a dhol a sheòladh cuideachd," thuirt mi. Sheall e orm is rinn e gàire: "Tha mi cinnteach – gu sònraichte latha brèagha mar a tha againn an-diugh!"

Dh'inns e mòran mu làithean toilichte òige air eilean cuideachdail Sgalpaigh, far an robh riamh sluagh càirdeil, faisg air a chèile, agus ann an suidheachadh cofhurtail, cothromach. Ged nach robh a bheag de threachaid talmhainn ann, bu leòr e còmhla ri gach seòrsa èisg a bha cho pailt am bun na h-ursainn. Bha gillean ealanta ann an eathar mus fàgadh iad an sgoil.

"Rugadh sinn," ars esan, "far an ruigeadh sad na mara oirnn; on àm a chaidh sinn air choiseachd bha sinn gu nàdarra a' faotainn oilein fo thiùrr an làin, a' cleasachd le portain is sligean maoraich; agus a' seòladh eathraichean a bha sinn a' snaidheamh à maidean a thigeadh air a' chladach. A h-uile balach a b' urrainn ràmh a ghluasad na ball a tharraing, gheibheadh e cead sin a dhèanamh cuide ri sgiobadh a bu sheana na e fhèin, 's cha robh an còrr a dhìth air... "

"Bha fuaim a' chuain nar cluais latha 's a dh'oidhche; bha a' mhuir mar gun canadh tu a' ruith san fhuil againn; bha i a' tarraing a h-uile mac màthar ann an dòigh nach gabhadh diùltadh. Nar a dh'fhàsadh dachaigh car dùmhail, rachadh fear no dhà de na balaich a sheòladh.

Agus chan iad na fir a-mhàin a bha a' solar airson lòin an teaghlaich. Bha calanas nam ban – 's tha e sin fhathast – na chuideachadh mòr. Air taobh thall an t-saoghail is tric a chuimhnichinn air cosnadh is cleachdadh na h-oidhche fhada gheamhraidh, mar a tha san òran: "Gach bodach le shnàthaid a' càradh a lìon, 's a' chlann-nighean a' càrdadh 's am màthair a' sniomh."

"Tha cuimhne agam cho doirbh 's a bha e dhomh mo dheòir a chumail am falach air càch an Iatha a dh'fhàg mi, an Iatha a bha mo mhàthair a' cur mo chuid aodaich cho òrdail anns a' chiste. Mus do dhùnadh I, chàirich m' athair Bìoball Gàidhlig air uachdar na bh' ann, le earail is ùrnaigh gum bithinn a' gluasad ann an slighe neochiontais 's air mo ghleidheadh o chunnart 's o olc. Bha mi nam sheasamh an deireadh a' bhàta ag amharc air ais gus an do chuir astar fodha an t-eilean. Chan fhaca mi e on Iatha ud, ach ann am bruadar uair is uair. Is e ionndrainn nach gabhadh diùltadh a ghluais mi air an turas seo."

"Cha till sibh a-null tuilleadh?" thuirt mise. "Ò, tillidh, ach chan ann nam aonar ... tha thusa cho òg 's nach tuig thu nì mar seo a thig beò 's a mhaireas buan ann an cridhe 's aigne duine." Lean e air a' bruidhinn mar gum b' ann ris fhèin, fiamh a' ghàir' air, solas ùr na shùilean is e a' sìor choimhead an iar. "Cha robh i ach còig bliadhna deug nuair a dhealaich sinn 's a thug sinn bòidean a bhith dìleas gu bràth. Is e a litrichean a chùm mo dhòchas beò fad na h-ùine. Chuir e làmh na phòc-achlais, thug e mach a dealbh 's sheall e dhomh i. "Nach bòidheach i?" "Seadh", fhreagair mi, le dul fhirinn. Mu dheireadh sguir ùpraid na laimhrig. Bha am bathar air a chothromachadh shìos san toll; bha greallagan an duin'-iarainn nan tost; cheangladh slat an dubhain mhòir ris a' chrann thoisich; thugadh air tìr na maidean-coise. Mun do shaoradh na buill, chaidh sinne sìos a choimhead na beairt iongantaich a bha a' toirt cothrom gluasaid don *Ghlencoe*. Ma bha gin eile den t-seòrsa ri fhaicinn, 's ann an taigh nan seann iongnaidh. Bha fear na beairte na sheasamh le geirmhleag na làmhan mar shaighdear le mosgaid. Nuair a bhuail an clag, chàirich e gob na geimhleig tro tholl an ceann aisil chalma is dh'obraich e i an taic a ghualainn le uile neart gus an do thòisich greallagan na beartach ri tionndadh an eagaibh a chèile. Chuir sin na rothan muilinn air cliathaich a' bhàta a chagnadh an t-sàile. Bha aice ri dhol astar goirid an comhair a cùil mun tigeadh a ceann dìreach air uchd na seòlaid. Nuair a bhuail an clag a-rithist, bha aig fear na geimhleig ris an toll a chuimseachadh, a' bheairt a stad, agus caran a chur den aisil an taobh eile gus am bàta a chur air adhart.

Nuair a fhuair i a-mach seachad air bàtaichean eile, chaidh an *Glencoe* gu làn shiubhal. Bha faoileagan gar leantainn mar gum biodh iad a' coimhligeadh rinn; guilbnich ag èirigh on chladach; sgarbh a' crathadh a sgiathan air mullach sgeire; geàrr-breac no dhà a' snàmh air falbh às an rathad oirnn; toit dhubh a' ghuail a' brùchdadh a-mach air an luidhear dhearg agus a' snìomh air ais san adhar: ceò liath-ghlas na mòna ag èirigh dìreach dha na speuran o thaigh air sliabh an siud 's an seo, mar rolagan clòimhe air a mìn chàrdadh. Dh'fhan sinn gu h-àrd on dh'fhàg sinn an Caol, ag amharc air sealladh cho àlainn 's a tha fon ghrèin. B' e latha ciùin, ciatach san Iuchar a bh' ann: fonn is fairge, doimhneachd dhubh-ghorm a' chuain mhòir is farsaingeachd òr-bhuidhe nan speur an sìth-thàimh 's an ceangal caomh. Bha fèath nan eun ag aoineachadh gnùis na mara mar sgàthan lainnireach. Shaoileadh neach gun robh na beanntan àrda gan tomadh fhèin an comhair an cinn ann; mar an ceudna eileanan beaga brèagha a' tarraing an dealbh fhèin is iad ag èaladh faisg oirnn le fàilte. Shuas air tìr nar dèidh, bha beanntan guailne na Comraich nan seasamh a' fàgail bheannachd slàn againn.

A deas oirnn bha baideil bheàrnach a' Chuilthinn – Sgùrr Dearg, Sgùrr Alasdair is Sgùrr nan Gillean – a' cumail fair' orinn. Bha aoibh an àigh air gach aghaidh a bh' air bòrd. Bha e cho furasta do choigrich bruidhinn ri chèile agus ris an sgiobair 's ri maraichean. Bha an drochaid air a' chlàr-uachdair far an robh an luchd-turais a' stàireachd cruinn còmhla, mar theaghlach air imrich. Cha robh osna no onfhadh air cuan no gruaim air iarmailt. Cha robh fuaim no faram an iomall fearainn na an àird an adhair. An uchd a' bhàta bha torghan nan rothan caireanach gar tàladh le seirm aona rian ciùil a' taomadh tro mheanbh sgàineadh ann an sàmhchair a' chruinne-cè. Bha a' bheairt chalma, chruadhach a' cumail ceum ris an t-sèis, le uilt air dheagh uilleadh, luath, lùthmhor; calpannan garbh is uillean iasgaich a' nochdadh tron lobhta 's a' dèarrsadh sa ghrèin. B' i bàta-smùide cho sean 's a bha a' seòladh; ach dhèanadh i astar cho math ris a' chuid as motha tha an-diugh aig MacBrian.

Co-dhiù, thug i sinne seasgair gu Port Ruighe àird-fheasgair. Suas gu bràigh a' bhaile ghabh an t-Astràlianach còmhla rium. Chuir bean Dhòmhnaill fàilt' oirnn is thug i steach don t-seòmar -bìdh sinn. Bha seisear a thàinig à Ùige air thoiseach orinn nan suidhe aig an uinneig is iad air am biadh a ghabhail. Nuair a dh'fhosgail doras a' chinn chòcaireachd, shiab àile an deasachaidh a-nuas thugainn. Sheas an ceatharnach seòladair eadar dha bhith san doras is thug e tacan a' tarraing anail tro chuinneinibh. Ghlaodh e a-mach àrd a chlaiginn; "Sgadan! Sgadan! Sgadan ùr! Buidheachas don Fhreastal 's do Chalum a stiùir an seo mi. A bheil gu leòr agaibh dheth?" thuirt e ri bean an taighe. Fhreagair i le gàire. "Tha mi a' smaoineachadh gu bheil ann na shàsaicheas sibhse co-dhiù." "Chan eil mi cho cinnteach," ars am fear mòr. "Thoir a-nuas cho luath 's as urrainn dut fichead air am bruich nan saill fhèin, an fheadhainn as reimhre as urrainn dhut a thaghadh. Greas ort." Dh'fhalbh i na cabhaig. Thill i gun dàil le poit chòir airgid is dh'fhàg i a' tarraing i fo chlogad tiugh a ghleidheadh an teas. Shuidh mo chompanach tomadach aig ceann a' bhùird agus mise faisg air aig an taobh.

Nochd bean Dhòmhnaill a-nuas a-rithist is chuir i dà thruinnsear theth air uachdar a chèile air ceann a' bhùird agus air an cùl chàirich i fear na bu mhotha le sia sgadain shùghmhor, dhonn. Thionndaidh an Sgalpach rithe 's thuirt e: "Dè tha thu a' ciallachadh a' cur rud cho leibideach air beulaibh dhaoine acrach? Chunnaic mi sgadan a shluigeadh iad sin slàn 's cha tachdt' e." "Fichead," thuirt mise. "Bi falbh is thoir a-nuas an t-inneadh 's na dèan maill." Rinn e roinn a' mhic is athar air na sia, agus cha b' fhada mhair a thrì sgadain dhàsan Shàsaich a dhà mise. Rinn mi annlan dhiubh, a' gabhail mar a chòrd rium de gach seòrs' arain. Ann an ùine ghoirid chuir bean an taighe ceithir-deug eile air a' bhòrd. Fhuair mi tairgse de roinn dhiubh sin cuideachd ach dhiùlt mi le taing. Is e bha taingeil ach esan nuair a chunnaic e a' chuid chòir a bha mu choinneimh. Thòisich e orra 's cha do sheall e air aran no ìm, ach dh'òl e tì gu leòr – (bha an t-iasg ag iarraidh a fhliuchadh). Mus robh e buidheach, cha mhòr a dh'fhàg e den àireamh a mhiannaich e. Nuair a bha e ullamh, 's nach b' urrainn dha an còrr ithe, stagh e e fhèin, sgaoil e chrògan mòr os a chionn, shèid e a-mach uchd sgairteil gus an robh na putain an impis leum às a sheacaid dhùbailt' ghorm. Thuirt e 's e a' toirt sùil air na h-Ùigich a bha nan suidhe thall: "Nì siud an gnothach gu faigh sinn rud a dh'itheas sinn!"

Rinn sinn uile lasgan cridheil gàire.Thuig sinn an Iatha ud an làrach nam bonn gur e sgadan gu deimhinn biadh is annlan an diùlnaich, agus nach sàsaicheadh sìon eile acras cho mòr is càil gheur bh' air a h-àicheadh le èis agus àilgheas eilthireachd fhichead bliadhna.

An Toir Dualchas Buaidh?

"Tha mo chridhe gu bristeadh," arsa Màiri, a ceann air gualainn Alasdair 's a colann chaomh air chrith le aonach caoinidh nach gabhadh casg. Leòinte, brùite bha; briste bhitheadh, mura fosgladh furtachd dhaibh: mura faigheadh iad fuasgladh on teanntachd, seilbh air saorsa, agus ruighinn air an roghainn a bha nan rùn. "M' eudail mhilis," ars a leannan, 's e ga cumail teann air a chridhe fhèin: "Chan fhaod, chan fhaod e tachairt. Chan eil math dhuinn ar dòchas no ar misneachd a chall. Pòsaidh sinn ge b' oil leotha 's cha bhi càraid air an t-saoghal cho toilichte. Feumaidh sinn creideamh a bhith againn agus leantail air ùrnuigh. An Tì a chruthaich sinn, rùnaich e sinn dha chèile. Chan urrainn gun soirbhich le cuilbheartan na muinntir cheacharra a sgaradh sinn."

"Ò, a thasgaidh," arsa Màiri. "Chan eil meachainn annta. Chan eil truas nar taigh, no iochd an uchd. Tha mo phàrantan a' cur romhpa gum pòs mi fear Baile Mhuilinn a dheòin no dh'aindeoin. Their mo mhàthair: 'Bi taingeil gu bheil an tairgs' agad a bhith nad bhean-baile. 'S ioma tè aig eil farmad riut. Mar a chanas bean Eamuinn: 'Tha an t-aran fuinte.'" Thuirt mise: "Ma tha 's goirt a' bheirm a thòic e. Cha toigh leam aran a' bhodaich no anail a' bhodaich." Ghabh i an fhearg 's fhreagair i gu spraiceil: "Na bi tàireach air rud nach fhaod thu a dhiùltadh no a' dèanamh dìmeas air suidheachadh cho saoibhir, a tha freastal a' dòrtadh nad sgùird. Ged is banntrach e, chan eil e mòran is fichead bliadhna na sine na thu. 'S math an càradh a bhith na fhàrdaich, far nach bi sòradh air sìon a nì sona thu."

"Tha m' athair a-nis air a taobh, gam shìor chomhairleachadh riamh on latha a fhuair e cuireadh gu cuirm am Baile Mhuilinn. 'S ann air a bha an othail nuair a thàinig e dhachaigh ag innse mar a bha e air bhòrd mòr cuide ri uaislean; cho brèagha 's a tha an taigh ùr, le lobhtaichean àrd is ìosal 's le uinneagan fradharcach, farsaing; agus lios ga chuartachadh anns a bheil a h-uile seòrsa dìthein as àillidh. Dè nach eil ann! Gheall e còig ceud punnd Sasannach a chur nam ainm latha a' phòsaidh.

Thuirt mi nach buaireadh ballachan geala, buaile chruaidh no òr mise. Ach chan èist iad rium. Bha an rèiteach ann oidhche Haoine. Chaidh mise am folach 's chan fhaca am fear ud mi. Chuala mi nach eil Dòmhnall nam Fonn airson ar n-eigheach idir; ach ge b' e cò chuireas suas iad gu bheil a' chiad tè gu bhith ann an t-Sàbaid seo tighinn. Tha iad ag ràdh gum bi mi air mo thoirt gu eilean Bhàlaidh, far a bheil am ministear, Mgr Fionnlagh, a' fuireach, ged a b' ann ceangailt' air each.

Ò! Dè nì mi? Tha eagal orm nach eil dol às agam. Ma thèid leotha, chan fhada gum bi mi an ciste chaol an Cille Mhoire."

"Cha tèid leotha," ars Alasdair. "Tha càirdean earbsach agam am Peighinn nam Fadhla aig 'eil eathar thapaidh a thogas sinn air laimrig Mhàisgeir feadh oidhche gun fhios do chàch. Cuiridh iad air tìr sinn san Eilean Sgitheanach; nì sinn ar rathad gu Inbhir Nis, far am pòs sinn, agus chan fhaic Uibhist tuilleadh sinn."

Arsa Màiri: "Ò, b' fheàrr gum b' urrainn. Thug mi ionnsaigh an latha roimhe air mo chuid aodaich a chur am falach san t-sabhal, 's chaidh mo ghlacadh. Tha iad a-nis a' cumail sùil orm a latha is a dh'oidhche."

An sàmhchair feasgar samhraidh air bàrr an t-sìthein, an t-àite bu ghnàth 's a b' fheàrr leotha a bhith, bha iad a' roinn an eire thruim. B' e aon chungaidh an cridhe a bhith a' toirt bhòidean a-rithist, ge b' e dè bha gu tighinn, gum biodh an gaol buan. Bha sèimheachd nan siantan, a' mhaise a bha a' sgeadachadh fairge agus tìr, 's còisir na h-eunlaith a' dùsgadh dhaibh smuaintean mun Chumhachd a chruthaich 's a tha a' riaghladh gach nì. Bha uiseag is smeòrach, cuthag is lon-dubh le an ceilear a' moladh na sìde. Bha a' ghrian ag èaladh gu h-àite falaich air chùl na mara eadar Hiort agus Hèisgir.

Sin mar a bha, 's iad nan suidhe ann an lagan cruinn uaine às nach iarradh iad falbh. B' àghmhor an saoghal nam fàgt' aig an saors' iad.

Thàinig tost air ceòlraidh na h-ealtainn. Sgaoil sgàile na h-oidhche o iomall na h-iarmailt 's thromaich an duathar sna glinn; ceann-dubh air a' ghealaich; reultan a' deàrrsadh air broilleach nan speur. Laigh tàmh air an talamh; ach bha acaid is eallach air Alasdair 's Màiri, gun fhios cuin no càite no ciamar, no an cumadh gu bràth tuilleadh iad còmhdhail.

Cha robh astar spitheig eadar an dà dhachaigh san d' fhuair iad àrach. B' e mullach an sòlais a bhith còmhla, 's cha robh latha sa bhliadhna nach fhaodadh … gus an tàinig an truaighe seo.

Bha na b' aithne dhaibh a' faicinn freagarrach gum faigheadh iad pòsadh: iad a-nis aig aois, gun choire, gun cheart, gun fhaoineas; nan giùlan cho cliùiteach, ciatach; nam pearsa cho eireachdail, sgiobalta 's a bh' ann. 'S e gille bàn, dreachmhor, tlachdmhor a bha an Alasdair: stuama, stòlta, dòigheil, sgoinneil, òigear anns an robh faireachadh. Cha b' eagal gun leigeadh e èis no easbhaidh am-feasta faisg air Màiri.

Air a son-se, càit an robh a coimheas? Bha i riochdmhor, rìomhach, fìnealta, fallain; aoigh an àigh is fiamh a' ghàire daonnan air a gnùis a bha cho òirdhearc snuadh; sùilean mar dhà bhuilgean, bhoillsgeil, bhlàth a thogadh a' ghrian far aodann gorm a' chuain air latha ciùin; falt buidhe-bhàn sìos mu gualainn thairis air crios a cuim.

B' i àilleagan na cloinn-nighean, cho baindidh, grinn na gnè 's a bha i maiseach am bodhaig 's am beus. B' aotrom a ceum air frìth 's air machair: cha chailleadh an lus fo cois a bhraon den driùchd; nan saltradh i air flùr, thogadh e a-rithist a cheann gu sealltainn air an ainnir a chaidh seachad. Cha b' urrainn am bàrd a b' fheàrr a bòidhchead a chur am briathran no a h-àilleachd aithris.

Bu truagh, bu chruaidh gun cuirte cìs air cruth cho cumadail is cuing air muineal cho mìn; gun tilgteadh a crannchur far nach toireadh i a cridhe a-chaoidh; far nach faigheadh a h-aigne suaimhneas no a h-anam sàth. Cha b' urrainn ach mallachd a bhith an cois malairt cho millteach.

On dhealaich na leannain 's nach faigheadh iad innleachd air tachairt a-muigh no a-staigh, bha Màiri a' fulang gu duilich fo aire agus earail a cuideachd, gus mu dheireadh an robh i an impis a cainnt 's a sùim a chall. Chaill i a saorsa cheana; b' e tagradh gach madainn gun gleidheadh i a ciall.

Thàinig an latha a bha suidhicht' airson cùmhnantan cuibhreach nan creach, latha a chuir tuireadh air muinntir na sgìre.

Bha Alasdair gu bhith marbh le meud a mhulaid. Cha bhristeadh e thrasg; chan abradh e diog; cha tigeadh e am fianais; e a' sìor osnaich na shìneadh air leabaidh. Mu mheadhan-latha chaidh athair far an robh e 's thuirt e: "Dè tha ceàrr air ceatharnach mar tha thu fhèin?" "Tha," ars Alasdair, "ma dh'fheumas mi innse, mo chridhe briste." Fhreagair am bodach: "Bidh cridhe Màiri briste cuideachd, mura dèan thu nas fheàrr na ochanaich. Carson nach biodh tu fearail, smiorail, mar bu dual dhut? 'S dòcha nach do dh'inns mi riamh dhut treubhantas mo shinn-seanar. Thug e leis Anna, nighean ceann-cinnidh am Braghad Albainn, feadh na h-oidhche, on a bha a h-athair a' cur dàil ro fhada nan aonadh. Cha robh ise ach ochd-deug; esan a dhà air fhichead 's gun e ach a-mach à colaiste.

Bha e a' toirt sgoil do theaghlach an Ridire gus am faigheadh e sgìre mar mhinistear.

Ràinig iad Inbhir Nis, far an robh iad seachdainean fon choill gun do phòs iad. À sin thàinig iad tro chruadal is allaban chun na làraich seo an Àth Still; agus 's iad a bha toilichte ann. 'S esan a thog 's a theagasg a' chiad sgoil a bha riamh an Uibhist. Èirich is seas cliù do shinnsear, ma tha boinne de fhuilsan nad chuislean a bhrosnaicheas thu gu buaidh. Bi falbh le cabhaig 's na dèan màill. Bheir thu Màiri fhathast on fhear ud 's bidh i na bean dhut, seachd neo'r thaing."

Thog Alasdair a cheann on chluasaig 's thuirt e le fann-ghuth: "Nach iongantach gun robh dùil againne, nan robh air a dhol leinn, an t-slighe sin a ghabhail air ais 's pòsadh san dearbh àite san robh banais acasan. An toir dualchas buaidh?"

Fhreagair athair: "Cha bhi buaidh leis mura bi dìcheall; cha bhi dìcheall mura bi dùrachd; cha bhi dùrachd mura bi dànachd; cha bhi dànachd mura bi duinealas. 'S ann timcheall Scolbuig a chaidh an còmhlan a dh'fhalbh sa mhadainn. Geàrr thusa tarsainn na beinne 's na leig d' anail air na chunnaic thu riamh. Dh'fhaoidte gum bi thu a Bhàlaigh an àm gu stad a chur air na h-eucoraich a cheangladh an snaim cruaidh, goirt ud."

Cha do dh'èist a mhac an còrr. Thug e dubh-leum às; bhuail e bhonnan air an ùrlar 's ghrad chrioslaich e e fhèin. Cha do sheall e air biadh no air bròig. Chaidh e le straon chun na starsaich. Thug e aghaidh an ear-thuath na ruith cho luath ri loth. Ghabh e a-mach taobh abhainn Trolladh, eadar Cleatrabhal is Dorghuis, 's cha do lasaich e gus an do ràinig e ceann tràigh Bhàlaigh. Chùm e air tarsainn na tràghad na dheann. Bha an fhadhail fo shiubhal le lìonadh, 's cha b' fhada gu robh e coma, oir bha e cinnteach nach tàrradh e tuilleadh a leannan na theanachdsa.

Cha b' e cobhair gun fheum e na chunnart gun do dh'ionnsaich e snàmh à failceadh na bhalachan an teas gach samhraidh air corran Mhàisgeir. Theireadh na gillean gur e fear a b' fhèarr dhiubh, mar a thug e bàrr-urram sa h-uile farpais a bh' ann. Cha b' uilear dha an latha ud a h-uile buille dha ealain 's dha chlì, dha luaths is dha lùths.

'S caillte an creutair nach dèan spàirn airson beatha na èiginn, mall no meanbh a mhisneachd. Leigidh an damhan-allaidh sugan sìoda às a chorp gu dul a chur air rud sam bith a tha a' tairgsinn tèarmann; glacaidh naoidhean cìoch a mhàthar ma chailleas e taic a gàirdein; nì làmh na h-ùrnaigh grèim air làimh nach eil an lèirsinn sùla. 'S e làmh neo-fhaicsinneach a thug Alasdair beò gu tìr. Cha b' fhada gun do ràinig e a cheann-uidhe. Cha robh caileag no sgalag ri fhaicinn mun aitreabh. Staigh a ghabh e 's aig doras an t-seòmair mhòir chual' e am ministear a' cur na ceist chudromaich a chreanaich a dhòchas: "A bheil thusa, Mhàiri, a' gabhail...?" A' fosgladh na còmhla, dh'èist e ri Màiri a' freagairt ann an guth na bu treise na chualas aice airson iomadach latha: "Chan eil 's cha ghabh gu bràth." Thionndaidh i air falbh on stòl, 's cò bha mu coinneamh ach an duine bu docha leatha air an t-saoghal. Chaidh a ghàirdeanan gaisgeil timcheall oirre; chàirich ise ceann cho caomhail air a ghualainn; bha an dà chridhe a' bualadh cho dlùth 's cho buadhmhor le aoibhneas an gràidh.

Chaidh fear-na-bainnse an laigse agus thogadh a a-mach e far am faigheadh e fionnarachd na gaoithe. Bha maighdeannan coibhneil a' sradadh uisge air a bhathais, feuch am fosgladh e a shùilean. Thàinig Dòmhnall nam Fonn 's cuinneag mhòr aige làn gu bus. Ars esan: "A bheil sibh a' smaoineachadh gun toir na boiseagan leibideach sin a mhothachadh gu duine aig nach robh cus mothachaidh riamh? Chan e boinneachan beaga a dh'fheumadh e na b' airidh e air." Dhoirt Dòmhnall an tuil ud air closaich an fhir a bha na shìneadh. Nuair a thàinig e thuige fhèin, is a sheall e mun cuairt, cha robh aige ach an gad air an robh an t-iasg.

'S ann a bha bean na bainnse làmh ri a luaidh fhèin leathach caolais an geòla a' mhinisteir, athais is soirbheas mar a b' àill leotha gan giùlan gu sòlas an saorsa.

Siud mar a dhearbh Alasdair a dhualchas agus mar a thug an gaol buaidh. Tha còrr is ceud bliadhna on a thachair e, ach tha e freagarrach gu leòr gun cumainn sgeul air, 's gun innsinn dhuibh a-nochd i. B' e bràthair mo sheanar laoch mo sgeòil.

Oidhche mhath leibh.

Seasaidh Bhaile Ràghnaill

Rugadh Seasaidh sa bhliadhna 1826. Bha i anabarrach brèagha, cumadail, tlachdmhor, aoigheil; agus taitneach na dòigh 's na dol a-mach. Bha ceathrar pheathraichean aice agus aon bhràthair, dam b' ainm Ailig. B' e Seumas, an athair, an còigeamh glùin ann an aonta air fearann farsaing Bhaile Ràghnaill. A bharrachd air a bhith na thuathanach, bha e àireamh bhliadhnachan na bhàillidh air Uibhist a Tuath. An uair a leig e dheth an t-uallach sin, thug am Morair an dreuchd do Dhòmhnall Mhogasdad, a thàinig bho Dhòmhnallaich a' Ghlinn Mhòir san Eilean Sgìtheanach; agus leis a' bhàilleachd, fhuair e aont' an fhastaidh air Baile Locha, baile beag bòidheach taobh Loch Hòmhsta, mu dhà mhìle tuath air Baile Ràghnaill. An toiseach tòiseachaidh bhiodh Dòmhnall a' tadhal air Seumas gu treòrachadh fhaighinn mu obair na h-oighreachd.

'S ann mar sin a fhuair e eòlas air Seasaidh, agus cha b' fhada gus an do ghabh iad gaol air a chèile.

Bha e an dàn gur ann air cùrsa cas, corrach, caimdealach a dh'fheumadh an sruthan gaoil seo ruith car tamaill. Nas lugha na dithis cha dèan còmhrag. Agus bha fear eile air fàire a dhèanadh sin, le maoin is ìre is ùghdarras na fhàbhar.

B' e sin fear-lagha à Obar Dheathain a chuir am Morair Dòmhnallach mar riaghladair thairis air a h-uile h-oighreachd a bh' aige. B' ainm dha Pàdraig Cùbair; duine àrd, crom shlinneanach, mì-thuarail. B' e cuid de a dhleastanas màl gach àite a thogail dà uair sa bhliadhna. Sin mar a thachair dha tighinn do Bhaile Ràghnaill is fuireach greis air aoigheachd ann. Ghabh esan e fhèin gaol air Seasaidh cho luath 's a bhuail a shùil oirre. Cha chumadh sìde no seachd sian à Uibhist tuilleadh e. Bu bhitheanta a bheireadh e cuairt ann, is bha a shuidhe a' sìor fhàs na bu shìnte. Mu dheireadh thall, 's gann gun robh e a' carachadh às. Theirte am bàillidh mòr ris agus am bàillidh beag ri Dòmhnall: b' ann barrachd a thaobh inbhe na coimeas nan òirleach.

'S e duine dreachmhor, dìreach, tapaidh a bh' ann an Dòmhnall – cuibheasach am meudachd, laghach, fosgarra agus coibhneil ris an tuath.

Cha robh turas a thigeadh Pàdraig dhan dùthaich nach tugadh e rudan luachmhor gu Seasaidh, ach cha ghabhadh i tiodhlac sam bith às a làimh. Bu docha leatha a bhith an achlais Dhòmhnaill na h-uile bràist òir sa chruinne-chè, a' bhàigh 's an gràdh a bha a' tàmh na com. Dhàsan a bhuannaich sin le co-fhreagairt a chridhe fhèin, bhiodh an snaim cho teann 's nach toireadh ionnsaidh àghmhor co-ionnan, fuil bhlàth nan Gàidheal a' ruith na cuislean 's a Ghàidhlig ghrinn air am bilean. A bheil cànan eile fon ghrèin as mìlse air aon ghràdh geal innse? Cha robh aon fhacal aig fear na h-eadraiginn.

Bha a pàrantan a' sparradh air Seasaidh gum feumadh i am bàillidh mòr a phòsadh a dheòin no dh'aindeoin; ged nach robh e brèagha, bha e beairteach, theireadh iad. Bha esan air a thatadh agus doicheall air Dòmhnall bochd. Cha b' fhiach leotha am bàillidh beag mar chliamhainn.

Shaoil leotha an toiseach gur e diùideachd a bha a' cumail Seasaidh à fianais Phàdraig nuair a thadhaileadh e. A roghainn air a chuideachd, b' fhèarr leatha cuairt air an tràigh eadar Hanglum is Àird an Rùnair is timcheall cnuic na machrach. Ach mu dheireadh bhatar a' gabhail an amharais oirre nach ann na h-aonar a bhiodh i ag amharc air seallaidhean àlainn iomall a' Chuain an Iar; gur ann a bha i a' cumail còmhdhail ri Dòmhnall.

Sin mar a bha; agus air feasgar fradharcach chunnaic fear-foill iad còmhla. B' e sin an caidreabh ciatach 's an gràdh fìor-ghlan. Bu cheacharra an neach a thigeadh eatarra 's a dhèanadh casaid orra.

Chaidh am brath gu h-athair, agus thug esan air ball bàirleagadh cruaidh do Dhòmhnall nach fhaodadh e tighinn air àrainn a' bhaile am-feasta tuilleadh. An gaol a bha gun fhiost' aca, a-nis bha fios aig càch air. Chaidh cothrom suirghe Seasaidh a ghearradh na bu ghiorra. Bha i fo mhulad nach b' urrainn dhi innse. Thug an sgaradh an-iochdmor sgàineadh air a cridhe caomh.

Fad a' gheamhraidh rinn a màthair 's a peathraichean a h-uile rud a smaoinicheadh iad a chum a h-inntinn a thogail. Seachdain no dhà an dèidh na seann bhliadhn' ùire, 's iad a' saoiltinn gun robh i ag aontachadh, shuidhich iad ceann-latha gu cuirm a chumail am Baile Ràghnaill. Chuireadh cuireadh gu càirdean is uaislean eile na dùthcha, an dùil gum biodh rèiteach ann mus crìochnaicheadh an ceòl. Dh'fhàgadh Dòmhnall bochd air chùl fraoin. Ach cha do chuir binn neo-thruasail Sheumais crìoch uile-gu-lèir air conaltradh nan leannan. Bha dithis nighean air mhuinntearas na thaigh a bh' air an taobh agus a ghiùlain teachdaireachd eatarra iomadach uair fo sgàil an anmoich. B' aithne dhomh iad nan seann aois – Màiri nighean Ailein agus Leagsaidh an Tàilleir.

Oidhche na cuirme, nuair a thòisich an dannsa, dh'iarr Seasaidh air a' chuideachd a leisgeul a ghabhail, gum feumadh i am fàgail 's a ceann cho goirt. Mu mheadhan-oidhche, nuair a sgaoil an comann, chaidh bean a' bhaile suas air a corra-biod le solas coinnle a shealltainn air an tè a bha tinn. "Tha thu nas fheàrr, a ghràidh, nach eil?" ars ise. Ged nach d' fhuair i freagairt, bha i taingeil Seasaidh fhaicinn sàmhach fon aodach. Dhùin i an doras air a socair 's thug i a leaba fhèin oirre. Cha b' fhada gun robh srann aig a h-uile duine a bh' ann, 's bu mhath gun robh an cadal trom. Bha sin am fàbhar na tè a dh'fhan na caithris; 's ann bu dòcha i tàrradh às. Seo an t-sàmhchair 's an duathar a bha a dhìth air an fheadhainn a bha a' dealbh innleachd gu teicheadh. Chuidich Màiri nighean Ailein Seasaidh le cuid-aodaich agus leig i a-mach air an uinneig i cho fiataidh, faiceallach 's gun fhuaim a dhùisgeadh duine beò. Bha làmhan làidir a-muigh a ghlacadh i, nach cailleadh grèim, 's nach leigeadh beud thuice a-chaoidh. An uair a thogadh cèo san taigh mhòr sa mhadainn, ghreas a màthair a choimhead air Seasaidh. "Tha mi an dòchas gu bheil thu nas fheàrr an-diugh," thuirt i. Cha tàinig diog bhon chumadh a bha sìnte balbh san leabaidh. Chlisg i gur ann a bha an nighean marbh no ann an laigse. Thog i an t-aodach-laighe 's cha robh aice ach cluasagan, air an càradh cho coltach ri colainn on cheann-adhart gu casan na leapa. Ma bha fleadh ann feadh na h-oidhche, bha ùpraid agus iorghall gu leòr ann an làrna-mhàireach.

'S e Raghnall Ruadh – b' aithne dhomh a mhac – an gille each a bh' aig a' bhàillidh bheag. Bha an t-seisreach a b' fheàrr a bha am Baile Locha aca deiseil fo acfhainn aig an Rudha Dhubh. Cha do rinneadh an fhichead mìle gu Caol na Hearadh riamh roimhe an ùine cho goirid. Bha cruidhean cruadach a' cur sradagan teine às an rathad mhòr 's cha do lasaich iad gus an do ràinig iad an cladach far an robh eathar gam feitheamh. Shèid a' ghaoth cho cruaidh an ceann 's nach laigheadh i air Rudha Hùnais. B' fheudar dhaibh stiùireadh air Roghadal, far an robh Iain, bràthair athair Seasaidh, na bhàillidh aig an Iarla Dunmore. A chionn 's gum bu toigh leis i, bha dùil aice gum faigheadh iad nan èiginn fasgadh is fathamas a leigeadh iad ceum na b' fhaide air slighe na saorsa. Ach b' fhuar, neo-chneasta an fhàilte a fhuair iad o bhàilidh na Hearadh. Dh'fhuadaicheadh Dòmhnall air falbh, agus chàirich e Seasaidh fo ghlais gus a toirt air ais dhachaigh. Cho luath 's a chualas am Baile Ràghnaill mar a bha, bhrosnaich am fear crotach an ruaig. Mar thuirt piuthar mo sheanamhar san òran a rinn i:

"An sin thuirt Cùbair ri Ailig,
Thalla nad chabhaig 's na bi mall;
Gheibh thu mìle 's baile fearainn –
Faigh mo leannan 's i air chall.
Failte dhuit, deagh shlainte leat."

Mharcaich Ailig na leum gu Leac Bhàn a' Chaolais; ach chùm garbh shiantan e fad seachdain a' feitheamh athais gu aiseag. 'S olc a' ghaoth nach sèid gu math do chuideigin. Thug siud cothrom do Dhòmhnall sgioba sgairteil fhastadh air an Tairbeart. Gheall e do Sheasaidh mun deach an dealachadh gun toireadh e a-mach i ged bhiodh an t-arm dearg a' cuartachadh taigh Roghadail. Cha mhòr nach robh! Chuir Iain a sgalag, 's feadhainn a bharrachd, a sheasamh faire gun bhristeadh, gun fhios dè dh'fhaodadh tachairt no cuin. Bu ghnàth le Dòmhnall a bhith cho math ri fhacal. Air feadh oidhche, thàinig e 's fir chalma na chois. Bhuaileadh an doras uair no dhà 's o nach do dh'fhosgail e, spealgadh e. "Siud far an robh a' hùrla hàrla," mar thuirt an t-òran.

Thog Dòmhnall leis na uchd a leannan, agus b' aoibhneach an ceòl na cluais, buille luath a chridhe gaisgeil.

Rinn Raghnall Ruadh a roinn de chlaidhreadh na h-oidhch' ud, agus 's e bh' air cheann nan each nan deann chun an Tairbeirt. An èirigh na grèine, air a' chòigeamh latha deug den Fhaoilleach, 1850, sheòl a' chàraid ghràdhach, chliùiteach a-mach Caolas Sgalpaigh le soirbheas mar bu mhiann leotha. Thàinig an euchd 's an treubhantas gu bhith iomraiteach: bha an sgeul am beul gach duine; chualas i anns gach ceàrn. Phòs iad air Tir-Mòr, le deagh rùn nam mìltean. Mu Shamhain chaidh iad air bòrd luing an Abhainn Chluaidh 's thug iad an làn fada dhi gu Astràilia a shireadh an lòin, taobh thall an t-saoghail. Ghabh iad raon mhòr chaorach, dà cheud trì fichead 's a dhà mile, a-mach à Melbourne. Thug iad Baile Ràghnaill air an àite a cheannaich iad. Tha an t-ainm sin fhathast air. Cha b' ann gun chruadal a bhuannaich iad am beòshlaint, no gun chunnart. Anns na fàsaichean uaigneach, bha daoine fiadhaich air nach ruigeadh lagh no riaghailt.

Air feasgar àraidh, bha Seasaidh aig an doras a' coimhead a-mach le fadachd gun tigeadh a companach dhachaigh bho chuairt air feadh nan caorach. Chunnaic i marcaiche a' tarraing dlùth. An uair a ràinig e, leum e bhàrr an eich is e a' sealltainn gu dùr oirre. Chan fhaca e boireannach riamh cho breàgha rithe. Cha robh aig taigh ach i fhèin 's an t-searbhanta, 's bha na coin 's an gunna aig fear an taighe leis. Bha an teaghlach a b' fhaisg orra mòran mhìltean bhuapa. Cha chuireadh èigheach no maoidheadh teicheadh air a' bhèist. 'S ann a cheangail e Seasaidh air an dìollaid 's air falbh a ghabh e leatha.

An uair a thill Dòmhnall, choinnich a' chaileag e 's i a' caoineadh. Dh'inns i mar a thachair is sheall i dha an taobh a chaidh am fear-reubainn. Cha do dh'èist e facal tuilleadh; bha fios aige far an robh an duine borb a' fuireach. Cha do mharcaich e riamh na bheatha cho dian; chuir a chorraich luaths na shiubhal. Ghabh e slighe na b' aithghearra na ghabh fear a thòrachd. Nuair a ràinig e snaim nan rathaidean, cheangail e an t-each ann am bad coille is liùg e faisg air fàl a' cheum. Cha b' fhada gus an cual' e caismeachd a chuir na fhaireachadh e, fuaim faramach chruidhean a' tighinn luath. 'S e an dearg mhèirleach a bh' ann. Thog Dòmhnall a ghunna ri ghualainn le cuimis chinnteach dìreach nuair a bha a' bhrùid bhorb a' dol seachad. Loisg e 's chuir e am peilear tro cheann. Nuair a thuit e marbh às an dìollaid, stad an t-each. Ghlac Dòmhnall Seasaidh na achlais gun bheud gun chiorram. 'S iad a bheireadh taing do Dhia o an cridhe 's gum bu shona iad a' tilleadh dhachaigh.

Thog iad teaghlach ann am Baile Ràghnaill Astràilia. Thàinig iad aon chuairt air ais do Alba nuair a shoirbhich an suidheachadh. Bu shòlasach am beatha còmhla, is bu dìleas iad dha chàile gus an do rinn am bàs an dealachadh. Dh'eug Seasaidh na banntraich ann a' Harfield faisg air Melbourne air an ochdamh latha deug den Chèitean, 1896.

Siud mar a bha is mar a chuala mi aig feadhainn dham b' aithne.

Bàrdachd Ghàidhlig

DUAN CALLAIG

Seo mo dhùrachd dhut cho mùirneach,
Brìgh mo smaointean 's tagradh m' ùrnaigh:
Mil nad bheul is iasg nad chliabh,
Sealg air gad 's còrr air sliabh;
Togradh d' aigne bhith ga ionnsaigh,
'S cuid gach latha dhut nach diùlt e;
Sealbh nan gràs air sàil gach tionndadh,
'S gun nì a dhìth ort bhiodh tu 'g ionndrainn;
Luath nad chois is lùth nad ghàirdean;
Deagh-ghean choigreach 's gaol do chàirdean;
D' inntinn fallain mar na frìthean,
Sìtheil, socair mar an sìthean;
Tàmh na h-oidhche dhut cho sàmhach,
Ceòl a' chuain nad chluais gad thàladh;
Com gun ghalar 's cridh' làn gàire,
Grian a-màireach dhut air fàire
Sgeul is eòlas air gach coibhneas
Lìonas bliadhnachan le aoibhneas.
Gach nì tha gràineil leat gad sheachnadh;
Gach nì is miann leat, thu ga mhealtainn.

Biadh is annlann aig do theaghlach,
'S mìr dheth 'n-còmhnaidh aig an fheumach
'S ma tha tuilleadh tha thu 'g iarraidh,
Gun robh Freastal dhut ga riaghladh.

97

AN LUCHAG GHLAS

(Air fonn, *Gabhaidh Sinn an Rathad Mòr*)

Cò tha sporghail thall an siud,
Thall an siud, thall an siud?
Cò tha sporghail thall an siud?
"Mise ag iarraidh càise."

"Mise," ars an luchag ghlas;
"Mise," ars an luchag ghlas;
"Mise," ars an luchag ghlas;
"Mise ag iarraidh càise."

Feumaidh sinne rib a chur,
Rib a chur, rib a chur;
Feumaidh sinn rib a chur
Rib a chur an-dràsta.

Thèid i ann an comhair a cois,
'N comhair a cois, 'n comhair a cois;
Thèid i ann an comhair a cois,
'S chan fhaigh i às gu bràtha.

Feannaidh sinn i 's gheibh sinn bian;
Feannaidh sinn i 's gheibh sinn bian;
Feannaidh sinn i 's gheibh sinn bian –
Bian a chumas blàth sinn.

Bheir sinn closach dhan a' chat,
Dhan a' chat, dhan a' chat,
Bheir sinn closach dhan a' chat,
'S ithidh e gun dàil i.

Ithidh e i 'n comhair a cinn;
Ithidh e i 'n comhair a cinn;
Ithidh e i 'n comhair a cinn,
'S an t-earball chan fhàg e.

Siud agad mar dh'èireas dhi,
Dh'èireas dhi, dh'èireas dhi;
Siud agad mar dh'èireas dhi,
Airson gun d' ghoid i 'n càise.

Siud agad mar dh'èireas dhi;
Siud agad mar dh'èireas dhi;
Siud agad mar dh'èireas dhi
Cuiridh sinn an sàs i.

ÒRAN-MOLAIDH MNÀ

Mar a' mhil an cìrean cèire,
Taisgte, stòirte 'n òrdugh rèidh,
Tha gach snas is maise beusan
Paisgte còmhla 'n com mo chèil'.

     Àilleagan nam mnathan i,
     sùgh mo chridh';
     'S milis Màiri mo bhean fhìn;
     Sùgh mo chridh'.

Paisgte còmhla 'n com mo chèile
Gheibhtear gràdh is bàigh nach trèig;
Grinneas nàdair, tuigse 's lèirsinn,
Àlainn mar tha glòir na grèin'.

     Àilleagan nam mnathan i,
     msaa

Àlainn mar tha glòir na grèine
'Dath le meòirean neòil na speur,
Tha fiamh-ghàire 'n sùilean m' eudail
Dòrtadh aoibhneis air mo cheum.

     Àilleagan nam mnathan i,
     msaa

Dòrtadh aoibhneis air mo cheuman,
Dùsgadh dòchais na mo chridh'
Thug dhomh sòlas chaoidh nach trèig mi
An là sheas i air mo chlì.

     Àilleagan nam mnathan i,
     msaa

An là sheas i air mo chlì-sa
'Cheangal snaidhme cùmhnant pòsaidh,
Fhuair mi 'bhean as brèagh' 's mìlse
'Rinn an saoghal soillseach dhòmhsa.

Àilleagan nam mnathan i,
sùgh mo chridh';
'S milis Màiri mo bhean fhìn;
Sùgh mo chridh'.

ÒRAN

(Air fonn, *Cabar Fèidh*)

On bha cùisean fàbharach
'S a h-uile càil cho acarach,
Fhuair mi ceistear cràbhach
A dhèanadh còmhnadh seachdain dhomh,
'S dh'fhalbh mi mun Fhèill Màrtainn
A-mach air chuairt a Ghlasacho
A choimhead air mo chàirdean,
Is fhada 's cian nach fhaca mi.

SÈIST: *Bha mi duilich air mo thuras*
Bhith cho buileach cabhagach,
'S nach robh tuilleadh de na gillean
Ann an astar coiseachd dhomh,
Neo cha tillinn gun bhith furan
Air gach fear is fleasgach dhiubh;
Ach bha 'ghleadhraich gam lèireadh
Nuair dh'èirinn sa mhadainn ann.

Bha eagal orm mum shlàinte,
Thaobh eucailean is ghalaran,
Is ghreas mi a chur fàilte
Air Dotair Dòmhn'll Macmhanain ann;
Chuir e dul mum ghàirdean
A stad an fhuil nam chuislean-sa,
'S chaog e tè dha shùilean
Is sheall e air a' *mhercury.*

Sin labhair e sa Ghàidhlig,
'S i ealanta 's cho blast' aige,
"Chaluim, tha thu làidir;
Chan eagal dhad chuid *arteries*:
Bidh thu beò gu sìorraidh
Air ìocshlaint chaomh nam machraichean,
Ma dh'fhanas tu air riaghailt,
A dh'aindeoin dè their Paterson."

Thug sinn greis air còmhradh
Mu làithean gòrach toilichte
A chuir sinn seachad còmhla
Ri iomadh spòrs is amaideas;
'S chaithris sinn an oidhche sin
A' luaidh air laoich 's air lasgairean
Air an robh sinn eòlach
Nuair bha sinn òg sa *Varsity*.

Nuair thog mi orm gu gluasad
A sheòmar uachdrach eireachdail
Bha 'chamhanaich san iarmailt
'S a' ghrian a' losgadh pheileirean;
'S mur b' e gun robh mi cinnteach
Nach d' rinn mi norra cadail ann
'S ann theirinn gun robh m' inntinn
A' cinntinn faoin le aislingean.

Mhionnaich agus bhòidich mi,
Nam bithinn beò an-ath-bhliadhna,
Gun ùraichinn-sa m' eòlas
Air sràidean còmhnard Ghlasacho;
'S gun suidhinn mar bu chòir dhomh
Aig bòrd a' Chomuinn Oiseinich;
'S mur biodh faradh na mo phòca
Gun snàmhainn cuan 's gun coisichinn.

ÒRAN DO PHRIONNSA TEÀRLACH

Fhir a' chùil duinn is ciùine mala,
Is guirme sùil 's is caomha sheallas.
Thug mi dhut rùn, gun dùil ri gealladh,
No suidhe nad chùirt no sùgradh leannain.

> Urr irr inn o rubha ho,
> Leann-dubh mòr tha bhith ga mo dhìth.
> Urr irr inn o rubha ho.

Fhleasgaich tha sìobhalt', aoigheil, fearail,
Den fhuil a tha rìoghail, fìorghlan, fallain,
Bu dligheach dhut ùmhlachd 's crùn do sheanar
Air 'n tug thu an ionnsaigh chliùiteach, smiorail.

> Urr irr inn o...

B' aotrom do cheum nuair shèid a' chaismeachd,
'S gach pìob air ghleus fo bhrèid do bhrataich;
Taghadh nan laoch an aodach breacain,
Gach miann a b' fheàrr an sàr nam feachdan.

> Urr irr inn o...

'S tric mi leam fhìn air frìth Àirigh Mhuilinn
Nam shìneadh san fhraoch air sorchan m' uilinn,
Driùchd air mo ghruaidh 's mo shùil a' sileadh,
Mi 'caoidh na bheil bhuainn 's nach taobh sinn tuilleadh.

> Urr irr inn o rubha ho,
> Leann-dubh mòr thu bhith ga mo dhìth,
> Urr irr inn o rubha ho.

ÒRAN DO SHEÒRAS GALLDA

(Air fonn, *Balach anns an Dùthaich*)

Bha e na chleachdadh aig ar caraid nach maireann a bhith a' dol greis gach samhradh a dh'iasgach do dh'Uibhist fad grunnan bhliadhnachan. Bhiodh e a' fuireach còmhla ris an fhìor bhàrd sin – an t-Urramach Calum Laing, Ministear Uibhist a Deas, agus seo òran a rinn e dha bliadhna a chur fàilte air. Tha sinn fada an comain Maighstir Calum airson an t-òran a chur thugainn an-dràsta. Bidh na Gàidheil uile a chì e na chomain cuideachd.

'S ann againn bhios an sòlas
Nuair a thilleas Seòras;
Gu dearbh cha bhi oirnne ganntar;
Bidh iasg de gach seòrsa
Tighinn bharr muir is mòinteach:
Ò! gur glòrmhor an samhradh.

B' e fhèin an duin' uasal
Le pleatan air a chruachainn;
Briogais cha tèid suas ach an t-èileadh:
Slat-iasgaich air a ghualainn,
'S gur aigeannach a ghluasad
Gu lochan no gu bruaichean na h-aibhne.

Ged shiubhail e an saoghal
Chan eil e fhathast aosta;
Tha aigne cho aotrom an-còmhnaidh:
Tha aoigh air-san daonnan,
Cho coibhneil 's cho caomhail:
Tha tlachd agus tuigse na chòmhradh.

'S fheudar dhomh innse,
Ged bha e fad'sna h-Innsibh,
Nach d' chaill e dhreach no inntinn no òige,
'S e duine th' ann tha stuama,
Faiceallach is suairce,
Eireachdail is uasal, gun mhòrchuis.

Siud agad an fhìrinn,
'S cha mhisde tu a chluinntinn
Am meas tha air 's gach tìr san robh eòlas.
Ged 's ainneamh bhios mi 'sgrìobhadh,
Bidh e tric nam chuimhne
'N toileachadh 's an t-sìth bh' againn còmhla.

Tha mo bhean 's mo phàistean
Cho measail air an àrmann;
'S gach duine tha san àite bidh aoibhneach
Nuair thig an t-àm den bhliadhna
'Theannas sinn ri iasgach,
'S a chuireas sinn ga iarraidh air aoidheachd.

Cha bhiodh mo sgeul-sa iomlan
Nan crìochnaichinn gun iomradh
A dhèanamh air an eanchainn tha òrdail,
A choisinn cliù cho àrd dha
Air sgoilearachd 's bàrdachd
'N Inbhir Pheofharain 's gach àit san robh mòdan.

Sin agad mo dhuan-sa
(Ma thogras tu chlò-bhualadh)
Mu dhuine tha cho suaicheant' 's cho òirdhearc,
Bidh 'n Comunn is bidh 'n sluagh seo
Na do chomain bhuan-sa;
'S bidh Uibhist agus Sonachan ro phròiseil.

ÒRAN DON URRAMACH CALUM MACLEÒID, CEANN-SUIDHE A' CHOMUINN

He ho ro, he ho ri,
Naidheachd mhath tha ri inns'
Eadar Leòdhas 's Ceann Bharraigh
'S am measg Ghàidheal 's gach tìr,
He ho ro, he ho ri.

Mìle fàilt' air a' churaidh
A tha cliùiteach is ciatach,
Choisinn dùbailt' an t-urram
An-uiridh 's am-bliadhna,
He ho ro he ho ri.

'S ainm-baistidh dha Calum,
Bha fear eile den ainm sin
A dh'fhàg lorg ann an eachdraidh,
'Las lòchran an Alba,
He ho ro he ho ri.

Ionnan dreuchd an dà Chaluim
Is thuit fallainn a' chiad fhir
Air an laoch tha ri moladh,
'Tha na OLLAMH-DIADHACHD,
He ho ro he ho ri.

Ionnan dìlseachd an dleasnas;
Ionnan fìonlios an seirbheis;
Ionnan euc agus seasmhachd:
Ionnan raon an seilbhe,
He ho ro he ho ri.

Am measg eileanan mara,
Eathar thapaidh ga stiùireadh;
Cluas, sgòd agus tarraing

A' beartachadh siùil rith',
He ho ro he ho ri.

A crann ann am brois glaiste
Is brèid chumadail suas ris,
Le rac ruitheach mu mhullach
Cumail slaite cruaidh ris,
He ho ro he ho ri.

Siud an acfhainn tha tlachdmhor,
Chuireadh astar na gluasad;
Chumadh fuaradh ri taice,
Toirt slaic air a gualainn,
He ho ro he ho ri.

Siud an siubhal tha taitneach;
Siud an ealadhain tha 'g iarraidh
Làmh luath is sùil bheachdta
An gleachd ri na siantan,
He ho ro he ho ri.

Siud an sgoil rinn e gaisgeil,
Ga thoirt faisg air an Àrd Rìgh;
'S cha b' e seòmraichean seasgair,
Ach fairg' air a fasgadh,
He ho ro he ho ri.

A-nis sloinneam an t-àrmann,
Agus innseam a dhùthaich:
'S ann de chinneadh nan Leòdach,
À Crabhlasta Ùige,
He ho ro he ho ri.

Àit' ainmeil a dh'àraich
Mìltean mharaichean treubhant',
'S iomadh teachdaire gràdhach
'S clann-nighean tha beusail,
He ho ro he ho ri.

Am Both Chuidir na aoghair,
'S air A' CHOMUNN a' riaghladh,
'S a' cur snas air AN GÀIDHEAL
Le peann tha deas-bhriathrach,
He ho ro he ho ri.

Ann an cathair 's an cùbaid,
Gheibh a labhairt-san èisteachd;
'S fhiach a chòmhradh a chluinntinn;
'S math a sgrìobhadh ri leughadh,
He ho ro he ho ri.

Tha 'Ghàidhealtachd na chomain,
Oir 's e bhrosnaich ar cànain
Le deagh thomad a shaothrach
'S a ghaol do na bàrdaibh,
He ho ro he ho ri.

Fhuair e urram an-uiridh
Ann an Seanadh 's na clèirean;
Agus fhuair e nis tuilleadh
O Oilthigh Dhùn Èideann,
He ho ro he ho ri.

Fad' gum meal e a shlàinte
'S e an sàs anns gach toirbheart
Do ar dùthaich 's don Ghàidhlig,
An sonas 's an soirbheas,
He ho ro he ho ri.

AN GEAMHRADH

Is maireann ar comunn ri cuan
Ar n-eilean na laigh' air a bhois-
A mheòirean 's gach geodha mun cuairt
A' bualadh le nuallan gun fhois.
Nuair shèideas an doineann le toirm
A' sguabadh nan sgòthan le rot,
Bidh onfhadh o chuinnean na stoirm
'Bàthadh nan sgeirean le cop.

Mar 's minig a thàinig o thuath
Luingeas Lochlainn a thogail na creich,
Le sàthadh thig sitheadh nan stuagh
Mar armailt a' marcachd air eich;
Thig gaoth choimheach, cholgach le fuaim,
Greann ghruamach a' bhàis air a bus,
Frasach, frionasach, fearrghaidh is fuar,
A' lomadh ri làr gach lus.

Le aithghearrachd astar na grèin'
Thig sìneadh an sìnteig na h-oidhch';
Thig coineig air cruthachd nan speur
Le neòil air an iomain le gaoith;
Thig caochladh air aogas an t-slèibh,
Air machair 's air mòintich 's air beinn;
Thig inneadh air ionaltradh sprèidh',
'S cha chluinnear na h-eòin a' seinn.

Ach 's cinnteach gun ath-chinn gach flùr
A chrùb fo fhasgadh 's a shearg,
Nuair thig earrach le aiseirigh ùr
A dhùsgadh gach pòir a bha marbh;
'S gum fosgail gach binn-ghob a dhùin
An dusal na dùdlachd cho balbh,
Nuair thilleas na caomh shiantan ciùin
'Dh'aiseag na chaochail 's na dh'fhalbh.

THA CUIMHN' AGAM...

Thill na làithean a dh'aom
air an lìonadh le gàir'
is grinneas is gràdh:
Bhlàthaich mo chridhe
ri muinntir mo sgeòil
ri facail o bheòil a tha balbh,
ri fiamh a' ghàire an taisbean an gnùis
ri tùis ionmhasan cùbhraidh a tha
pàiste cho prìseil
'm broilleach cuimhne gu bràth.

'S caomh an cungaidh a dhùisgeas
mar ìocshlaint inntinn, sèimh, ùrmhor,
'tionndadh neamhnaidean luachmhor
'dheàlras le lannair cho snuaghmhor
O leus nach fhaic sùil,
a labhras le guth nach cluinn cluas,
ach mar a chì 's a chanas na bàird.

'S mòr an tomadas toirteil a thuineas sa chridh'
fhad 's a ruitheas na sruthain chaol dhearg;
'S nar thraoghas bith-fhuaran
's a thaomas an t-àm
a chaochlaidheas cruth
's nach urrainn a bhuilean
bualadh tuilleadh sa chom,
bidh na gineil a chinneas
a' tional an seilbh;
'S cha chaillear 's cha chaillear
luach nan laoch is nan leannan
le bhith sgaoileadh am follais,
an ceòl na an cainnt,
coibhneas-gràidh an co-chomainn,
euchdan ionmholt' an lann,
's beusan bòidheach nam ban

111

a chuir loinn air an linn
's a thiomain dìleab
nach dìobair an clann.

SGIATHAN NA MAIDNE

Moch fosglam m' uinneag gach madainn.
Steach thigeadh soillse Do ghràis;
Sèid d' anail gu cùbhraidh mum chagailt
A' fadadh fann-shradaig gu blàths;
Sguab ùrlar falaichte m' inntinn
O gach smùr, o gach smal agus sgleò
Siab bharr mo spiorad gach duibhre
'Chuireadh èislean no airtneal air m' fheòil.

Air m' àrd-doras 's air mo dhà ursainn
Cuir seul' agus comharra gràidh;
O m' àrd-bhuinn buin tubaist is tuisleadh,
Cùm mo dhachaigh o easbhaidh 's o phlàigh:
Aig gach cuirean is gnìomh agus dleasna,
Cuir sùrd agus spionnadh nam làimh;
O mhoch-thrath gu ciaradh an fheasgair
Saor o rag-leisg gach alt agus cnàimh.

Leig Do ghrian fo mo chabair,
Suain gach maide le h-òr;
Cuir aoigh air gach aghaidh,
Lìon gach cridhe led threòir:
Mun tog dealt na h-oidhche bhàrr machair,
Mun tig caismeachd o ghob gach eòin,
Mosgaileadh mo rosg rid mhaise;
Cluinneadh mo chlaisneachd Do cheòl.

Air a' mhodh seo nì mi tagradh,
'Togail fuinn an glasadh là:
Dia nam bhruidhinn 's nam shaothair;
Dia mòr nam Flaitheas Naomh
Air mo thoiseach 's ri mo thaobh,
Chum mo ghleidheadh is mo sheòladh,
Mo shìor chobhair 's mo bhuan sholais
'N-diugh, a-màireach, 's gu bràth.

LAOIDH NOLLAIGE

(Air fonn *Eilean an Fhraoich*)

"Glòir do Dhia anns na h-àrdaibh,"
Bha na h-ainglean a' seinn;
Leanabh òigh' air a thàladh;
Sagart, Fàidh agus Rìgh
Air a bhreith ann a' stàball -
Sgeul àghmhor gach linn.
Thugaibh gèill, dèanaibh àite
Do Phrionnsa na Sìth'.

Chualas caithream na Flaitheis,
Seirm còisridh na Glòir;
Mhosgail sùil òg na maidne,
sgap, sgaradh na neòil;
Bhrùchd gràs ann am pailteas
A fuaran na sgeòil:
Fath faraim an aoibhneis,
Dia foillsicht' san fheòil.

Grian na Fìreantachd dh'èirich
Le slàinte na sgèith,
'Thoirt leighis làn èifeachd
Agus sìochaint nach trèig;
'Thoirt saorsa do pheacaich
'S a thional an trèid
Neo-choireach 's neo-lochdach
An Cùmhnant na Rèit'.

'S fìor an ràdh seo 's is airidh
Air gach cor bhith ga luaidh:
Thug E 'n gath às a' bhàs dhuinn,
'S thug E buaidh air an uaigh;
Thug E cumh'chdach gu teàrnadh
'S tha shòlas-san buan.
Glòir do Dhia anns na h-àrdaibh
A dh'ìobair an t-UAN.

ÙRNAIGH FHEASGAIR

Ò DHÈ, a chuartaich sinn led choibhneas,
'S a thug dhuinn sìth an-diugh is aoibhneas,
Bheir sinn moladh dhutsa 's glòir,
Mar tha air iarraidh 's mar is còir.

Bi 'mathadh dhuinn na rinn sinn ceàrr
'S an rud a dh'fhaodadh bhith na b' fheàrr,
Oir ghiùlain IOSA air a' chrann
Na peacaidhean a rinn do chlann.

Thoir an aire dhuinn a-nochd;
Dìon is glèidh sinn o gach olc;
Cùm gach cunnart fada bhuainn;
Socair, sìthcheil biodh ar suain.

Slàn gun dùisg sinn anns a' mhadainn,
'S na bhiodh math dhuinn a bhith againn:
Na th' aig an taigh 's na tha air falbh,
Gabh air do chùram 's cuir oirnn sealbh.

Beannaich sinn 's na th' air ar n-inntinn,
Chuid nach fhaic 's a' chuid a chì sinn:
An urra riut aig stòl do chois
Biodh ar saothair 's biodh ar fois.

Bi dlùth dhan mhuinntir a tha 'fulang
An corp, an inntinn, no fo mhulad,
Le do thròcair chaoimh gan tàladh;
'S furtaich air na th' ann an gàbhadh.

Bi 'fuasgladh phrìosanach tha 'n sàs;
Gabh truas don dream tha teann don bhàs;
Neartaich d' oighreachd a tha sgìth;
'S deònaich dhan an t-saoghal sìth.

Ar n-ùrnaigh nì sinn riutsa tric,
A' tagradh ann an ainm do Mhic:
'S biodh do bhratach sgaoilte 'n gràdh
Os ar cionn a-nis 's gu bràth.

English Poems

DAWN![1]

There's a trailing wail of wonder
In the slowly waning breeze;
There's a rumble as of thunder
In the tumbling ebbing seas.
There's a glory worth the gleaning
In the tardy tide receding,
Rolling wrack aneath its heels;
There's a treasure-trove to gather,
For the man who braves the weather,
On the strand that it reveals.

There's a stillness in the moonbeam,
Where the billows erstwhile played;
Sheen of silver all a-gleaming
On the sands which they have laved.
Lo! an end to grim resistance;
Hark! The music, in the distance,
Of the choir that heralds day.
O'er the hills the dawn is breaking;
Faith and Hope and Love are waking;
Shadows, sorrows wing away.

---

[1] Written at the break of day while calm succeeds a storm. An actual scene and actual sound provided the inspiration of this little poem. It 'holds the mirror up to Nature', and attempts to capture the music of the elements. There is a glimpse in it of the contrast between sea and land; the striving between night and day. A late moon hangs above the combatants, and lingers on to cast a benediction over the newborn peace, retiring ultimately in an anthem of harmony before the advancing glory of a brighter day. The verses give a measure of expression to an eternal truth in a symbolism, the key to which perhaps is in the couplet -

There is a treasure-trove to gather
For the man who braves the weather.

EXIT MURDO

(Birds of prey discuss the event)

An all-important conference
Was held the other day
Of feathered representatives
Of all the birds of prey:
The merlin, kestrel, peregrine,
The raven, black-back, crow,
All appeared in great glad glee,
And all desired to know
What they should do to celebrate
Old Murdo's final shot;
The merlin said, midst loud applause,
That he should get it hot.

Up spake a wise old hoodie crow,
Bedecked in drab attire,
"It's cause for mirth and merriment
That he is to retire;
If John[2] has slain his thousands,
This gunman's killed far more;
His conscience, must trouble,
His hands are steeped in gore."

A black-back gull with beady eyes
And cruel, crooked beak,
With proud-set head, of stately mien,
Then asked for leave to speak.
"Today," said he, "I cruised around
And missed him from his beat,
But spied a gibbet at his house
A sight that made me weep
Strung up aloft, and forming fours,
The heads of kith and kin;
Of all the birds that he pursues
It's few that ever win:

---

[2] John succeeds Murdo.

120

With smokeless and with hammerless,
With light and heavy shot
He combs the moor and rakes the sky;
He's out to bag the lot.
I move that, as a punishment,
We pack his blooming kit
With all the putrid, stinking skulls
Of all the things he hit."

"I second," said the peregrine,
Ferocious in the strife,
"I'd like to see him lug them round
Throughout his ruddy life."

Before the hum of foul assent
Had scarcely died away,
A raven sleek up rose and said
"I'd like to have my say:
Poor Murdo 's not so bad at all,
He must protect the game;
It's you blighters, mucking round,
It's you who are to blame:
You vivisect and eat alive
Whatever you can strike;
While I await grim death's good time,
Then choose what meat I like.

" 'T were better henceforth you should mend
Your baleful, bloody ways,
Take to carrion and so end
In ageful peace your days."

I LOVE THE SEA[3]

I love the heaving gentle sea,
The clean, the free, the ample sea
Which no one claims and no one can possess.
The ocean wave that laves the lips of continents
Oft blew its fragrance o'er my head,
Oft bathed me with enchanting spread
Of far-flung flashing smiles,
Resplendent shower of gems all cast
A whirling round me by the blast.

I love the surf that boils:
It flecked my brow with sweat that bled
And broke the heart of sobbing waves
Before their soft salt tears they shed
In sprinkled sparkling sunlight rays.

I love that magic moving tinge
O'er curling crest and fragile fringe,
As o'er the restful wide expanse
To where its march meets sky's advance.

O God, I love the sea!
And love it all the more
Because it speaks of Thee.
I kneel upon the shore
And know that I'm embraced
By arms which won't let fall.

I do not ask for more that this:
That I may live where I can see
This element so free to all,
So dear to me,
This vast eternal bliss.

---

[3] Composed on the spar-deck of the S.S. Loch Alainn, abreast of Tiree, at sunrise on 6th November 1934.

But whatsoe'er the fates decree,
Wherever fortune cast my lines,
I'd live as clean as is the sea
Which now my soaring soul inspires.

THE CLUB DINNER

There's naught imparts
To kindred hearts
(Tho' distant paths pursuing)
Such glowing joy
Without alloy
As angling days reviewing.

And as we meet
Old friends to greet
In prandial communing,
The big one lost
Is one we toast,
As we go on consuming.

Viands and wines
Of sundry kinds
And vintages that sparkle:
Oh, it is good,
In merry mood,
To kick the cares that rankle!

The stiffest starch
And thirsts that parch,
The flowing bowl and banter
Will soften, quench
On social bench
When roisterer meets ranker.

And what's the odds
If someone nods
And falls beneath the table?
We'll keep it up,
And quaff the cup,
As long as we are able!

SANGUIVOLENT

The sanguine fisher,
I truly affirm,
Goes forth to fish
And hopes to return
With more bountiful dish
Than ever was garnered
In creel or on table
Or ever was heard of
In fact or in fable;
Hope rises eternal -
More frequent than trout!

But habits autumnal
And habitats vernal
Indeed all the season throughout
Foul moods, fishy movement
A mystery weave,
And migrations generic
Too often deceive;
While signs atmospheric
Leave room for improvement -

To rout him choleric,
Fed-up with allurement

THE WEATHER – A SONG

Ship me somewhere where the breeze
Is soft as maid's caress;
Where the prospects always please
And the seasons ne'er oppress.

CHORUS
    O, the weather, the foul, foul weather!
    Weeks and months on end,
    And wind and rain together:
    O, O, the weather!

Do not wait the flowing tide;
Slide along an aeroplane:
Fetch it quick for me to ride
And outrun the hurricane.

CHORUS
    O, the weather, etc.

Waft me up, far up, on high -
Never mind the slow steamship -
Shoot me thro' the wide blue sky;
Open out and let her rip.

CHORUS
    O, the weather, etc.

Cleave the cloud that spat the hail;
Ply the jolly old joystick;
Beat the wind that blew the gale:
It breaks my heart - I'm homesick.

CHORUS
    O, the weather, etc.

I'm son of a sunny clime,
Isle of dreams and fantasy,
Sweet fair land of heart's desire
That sleeps on the sun-kissed sea.

CHORUS
> O, the weather, etc.

Wing me to my Love's embrace;
Speed me to the fairy shore:
Fly the winds in one mad race
With a whirr and thrill and roar -

CHORUS
> O, the weather, the foul, foul weather!
> Weeks and months on end,
> And wind and rain together:
> O, O, the weather!

MAGIC MIRROR

In museful mood of retrospect
In restful ease at eve,
In reverie we recollect
Stray strains of melody;
And when autumnal equinox
Has cast tenebrous shade
The mind serene will oft reflect
Fair scenes that never fade.

It may be music of the seas,
Enchanting beauty of the wild,
A sunset o'er the Hebrides,
Or mountain peaks in grandeur piled;
Whate'er the scene or song or place
That once evoked responsive thrill,
Outruns the laws of time and space,
Recurring with sweet potence still.

As honey gleaned from flower to flower
Is garnered in the hive,
The fleetness of the sunshine hour
Will stay to store the mind;
As moorland boulder, cold and grey,
Is fringed with fragrant thyme,
The bleakness of a winter day
Shall yield to summer smile.

SMOORING THE PEAT FIRE

The spark is spent, and the light burns low;
The flame has fled from the ember glow,
Where faint forms flit, of the past reborn,
Which soon depart on the wings of morn;
For toils of day leave no time to dream:
The oar must be pulled on Duty's stream –
And pulled each day for all one is worth,
To steer a true and unerring course.

But now let me sit with scenes long past,
And view these forms from the embers cast:
Dim in the distance homestead of yore,
Happy roamings o'er hill and by shore;
Memories fragrant, making life richer,
Of Love and Friendship crowding the picture;
Thread of gold all the way I have trod,
Wove through the years by the Hand of GOD.

JUST BOG-MYRTLE

Fair, fragrant the fancies
That crop round the rose;
So sacred, protected,
The spot where she grows:
With the blush of a bride
Her flushes compete,
All a-glowing with pride;
All christened replete:

Rich-rooted in ease,
Limp languor her pillow;
Kept safe from the breeze,
Put to shame by the willow:
Repelling, resisting
Caresses and fondling;
Short, thorny existence,
'Spite tenderest handling!

Give me the spendthrift,
So lavish and kind,
That revels in spindrift
To perfume the wind:
Courting the singing blast,
Living long without care:
Living free, clinging fast
To the scantiest fare:

Weaving fringe to the rill
To filter the rain:
Sprinkling moorland and hill
With sweet wafted air:
Never flaunting her flag,
Ne'er gaudy her mantle:
Quite content with the Bog –
To be called the Myrtle!

SUNRISE O'ER THE HEBRIDES

I take the wings of the morning
On the trail of a vanished night;
I cling to the robes of the dawning
With the glow of a glorious flight;
And I see in a wondrous day-dream
Fair scenes, such as angels see:
The earth enmeshed in a sunbeam,
Caressed by a simmering sea;
Tall sails of silk unfurling,
To the lilt of a humming harp;
Soft crests of gold a-curling,
In the wake of a Golden Barque.

THE SKERRY

When the world was void and formless,
Ere the stars were flung in space
While the waters still were homeless –
In the wilderness of ocean,
By the throes of molten motion,
This gray skerry had its birth;
Nude, forsaken and alone,
Bathed and fostered by the foam,
Weaned from breast of mother Earth:
Grim Tantalus in tangle fast,
Enmeshed by doom of wrath,
Till universe is wrapt and folded past
When sons of bondage are set free,
The garb of Age for ever cast,
And Gabriel declares: "There is no sea."

This ocean sentry, old man Rock,
Whose tangled locks of brown sea-wrack
Twice show and for a moment shine;
This haunted Tantalus immersed,
Though marking ebb and flow of tide,
Can ne'er assuage his parched thirst
Till all his bonds asunder burst
When Time licks up the brine:
With primeval prestige hoary,
And through countless eons lonely
But for crooning seals who bask at noon,
And the sombre peroning skart, preening in the moon.

Where the ocean chorus marshals
Magic airs that never cease:
Where the mystic margin dazzles,
With the blue in fair relief;
Where the Zephyr moans and sighs,
And the plaintive sea-mew cries,

And the waves are sobbing on the lee.
How the distance weaves enchantment!
How the heartbeat throbs contentment!
For His Spirit moves upon the sea.

RECONSTRUCTION
– OR A SLIP AND A GRIP

It's a song of sin and sorrow –
The betrayal of a trust -
Tragic wail of weans and mother;
Faith and honour in the dust:

Name and fame and home all shattered
At one stroke by cruel fate;
Gone forever all that mattered –
All but love for father, mate.

He had fought in France and Flanders.
He had seen his comrades slain;
Lived through horrors in that shambles -
In that hell of belching flame.

Of his country he deserved well;
Of his boss - at least one chance,
Tho' he brought no palm or laurel
From the bloody fields of France.

But the fates are always fickle
(Seldom dole as we deserve)
They can wreck, and they can cripple,
Men who rule and men who serve.

Blight of hell, star-blasting mischance,
When he backed and 'also-ran'-
Foul temptation - frail resistance –
"Fetch the police! Damn the man!"

If 'to err is only human
And forgiveness is divine',
Mercy might have met with Justice
In the judging of the crime.

There are bloated bums in business
Living sumptuous on chicane;
Piling millions by sharp-practice,
Buying titles, winning fame.

Let a fellow with small wages –
And a clean sheet up till now -
Drop one blot, then black the page -
And to wipe it? God knows how!

There are ups and downs in all things;
There are troubles that afflict.
But there's hope for that man always,
Squares his shoulders when he's licked.

Now the clouds are rolling past him,
And the sun is shining bright.
Fortune never more will blast him;
He will always do the right.

He shall fight now like hero,
Slave and toil to build a home:
Tho' his faith was down to zero,
He is yearning to atone.

He will build now the surer,
And in striving shall not tire;
For the gold is made the purer
By the purging of the fire.

It's a song that has an ending
In a sweeter, kinder strain:
Tears and laughter in the blending;
Love and friendship the refrain.

Oft at evening down at Corby,
When the darg is laid aside,
Jim and Jean will tell the story
To the weans, as they retire:-

How a friend of uncle Allan's
Waved a magic wand on high
When their fare was in the balance,
Changed their fortune just in time.

"God bless kind folk; God bless Uncle,"
Every night the bairns will pray,
When the stars are all a-twinkle
At the ending of the day.

ASPIRATION

We yearn to rise above the gross,
However little we achieve;
We search for gold among the dross,
Though few the nuggets we retrieve.

We crave to climb beyond the base
And scale the fair celestial height;
We leave the track, a trail to blaze
Thro' midnight gloom to noonday light.

The corrie echoes sweetest strain,
As mountain spirit wakes with dawn;
The primrose path that points the way
Gives fragrant promise to the morn.

The peaks that pierce the golden fleece,
With waving fingers hold our quest:
The soul a-soaring to release,
Is beckoned upwards to the crest.

The clouds, transfixed against the Dome,
Reflect the glory of the sky:
On sea or land it never shone,
The light to which the soul aspires.

PRODIGALS ALL

Heavenly Father, whom we've grieved
By wandering afar-
Far from the light of Thy countenance,
Far from the fellowship of Thy fold,
From holiness and happiness -
Thy love has followed us
All the way
To waken memories of home
And kindle hope of our return;
To rouse us from
The slumber of insensibility;
To open our eyes to what we lose
A way from Thee;
To save us from ourselves.

O wasted years of opportunity,
And blighted bloom that
In the fragrant morning dew
Gave promise of a harvest which
It never more can yield!
We went against Thy will
And squandered much
Of our inheritance:
Gifts good and perfect,
Talents heaven-bestowed.
Sin has sullied and concealed
The impress of Thine image
Only Christ can cleanse;
Christ only can redeem.

O Lord, by miracle of grace arrest
Receding life and love.
Renew our youth;
Restore our faith.
Help us to gather all
The fragments that remain,

To build the edifice
According to Thy heart's desire
And make it fit
Abode for Thee, a shrine;
A temple for the Holy Ghost;
A unity for Trinity;
A harmony in time
To last for all eternity.

Start in our souls before
The setting of the sun
A song of praise
The shadows ne'er can quell.

BLESSINGS

Father, make us truly thankful,
Ever grateful for Thy care;
Always happy and content
Of Thy presence oft aware.

Teach us how to count our blessings
And remember every day
That the guidance which has led us
Will continue all the way.

'I'll not fail thee' nor forsake thee'
Is a promise that endures:
Christ can keep us and can make us
Safe from all enticing lures.

We are heirs to all the pledges
Sealed sin on Calvary,
Our inheritance increasing
In the measure we believe
Grace conferreth for the asking,
By His merit and through faith.
What His wisdom knows is treasure
Sparkling rich with heavenly rays.

A PARSON'S WEDDING ANNIVERSARY

O God of love, with grateful hearts
We celebrate this day;
And firmer grip the guiding Hand
That led us all the way.

We thank thee for Thy providence,
So bountiful and free;
For golden-headed cherubim,
Who fill our home with glee

With courage, hope, implicit faith,
To meet the coming years,
Our souls inspire; our bliss sustain.
O, banish care and fears.

United ever in Thy love,
Our hearts one harmony –
Thy grace sufficient for our needs –
Our praise sweet melody:

Endow us with the gracious gift
That spends but ever grows –
The precious gift that blesses most
Just where it overflows.

And may we serve where most the need,
Mending the broken ends;
Shining our light where shadows tryst,
And where the roadway wends –

Speak words of cheer to lone and lost;
Bring solace to the tried;
Hailing the Pilot for the craft
That sail with evening tide:

Thus may we live and thus pursue
The path that gleams with joys –
The radiance of the singing heart;
The glow that never cloys.

DUST AND DESTINY

(Translation of a Gaelic poem)

From ageless mystery
There came a cry
And here was I
To write my history;
And here I am today –
The sky o'er head,
The earth to tread -
In life my part to play.

I run my mundane race
To reach a river
And cross forever
To my appointed place
Above;
Immortal I shall rise
To perfect Paradise
And Love.

English Short Stories

Donald and the Drovers

In the Outer Hebrides the term 'drover' is not applied to cattle drivers, but to the buyers who come to the local markets and hire a few experienced men to walk and wade their mixed herds across the sea-fords to one of the ports for shipment. Most of the drovers are dealers and farmers from the mainland, making the long journey twice a year. More would come but for fear of the fords, the vagaries of which take long to know, though any stranger may suddenly and disastrously come on one of their many hazards.

Eriskay of the 'Love-lilt' is the extreme southern insular portion of Uist, which name comprises all the islands, large and small, stretching north to the Sound of Harris. Several of the lesser and more remote ones are sanctuaries of seabirds and seals, while a few are strategic sites for the shielings of the fishermen who trap the submarine reefs and skerry rims for the prized Atlantic lobster. North and South Uist, with Benbecula in between, are welded into one during the brief spell of ebb, but separated again when the Atlantic and Minch meet and merge in floodtide. An aerial view is impressively revealing, sandy beaches of silver sheen fringing the west for a stretch of sixty miles, heather-clad hills ranging close to the indented eastern shores, and, inland, moor and machair dotted with innumerable trout lochs. Crofting townships are spread over the arable portions of the three main islands, where dwell a few thousand contented folks, well away from strife and strikes.

The North Ford, which links North Uist and Benbecula, extends to four miles at low water, and adjacent to the track across it are several islets. Unsubmerged by flowing tide, some of these have for generations rendered refuge to wanderers in perilous plight. On the South Ford, linking South Uist and Benbecula, there is just one such satellite, a short distance from the northern Creagorry (Gaelic Creag Ghoraidh) shore. Never did I pass it without recalling a story about Donald, the ferryman who lived at the end of the last century in a snug thatched cottage near Carnan Inn, at the southern end of the ford. Supplementing the equine transport of the inn, he had a boat on the beach always ready to ferry any travellers who might arrive too late for the ebb. He was a cobbler to trade, but unpunctual people were so plentiful that he earned more in his coble than he did at his last.

He was no globetrotter, nor was he ever a deep-sea sailor, like some of his neighbours. He never went so far from home as the mainland, though he visited Barra and Skye on rare occasions. But wayfarers from many parts came his way, so he had discovered long ago that there are all sorts of people, even in Scotland alone, and a diversity of tongues. The Sassenachs - nomenclature for all visiting sportsmen whatever their nativity - they were the 'shentlemen' with the good English and no string round their purse. They came to fish in the season and stayed at Creagorry Hotel or at Carnan Inn. They were usually on friendly terms with Donald. He was happy afloat with them, telling the lore of the lochs, showing them the sea-pools where the seven-pounders ran, and providing, when required, sand eels, which the sea-trout could seldom resist. Those anglers got a cordial welcome from him when they arrived and were missed when they departed.

Then there were commercial travellers, who took the ferry at intervals. They varied in quality and disposition, but most of them had big hampers that weighed the craft down to a scanty freeboard, causing the boatman anxiety in a rough crossing, while the reward could not be commensurate with the risk.

At times a few travellers of another kind went through the Isles in quest of folklore. Donald liked them, for they were friendly and had the Gaelic. But were they not the foolish ones coming so far to hear an old song or stories about Fionn and Ossian, dead hundreds of years. He liked to hear those songs and stories himself at the fireside winter ceilidh, but why should anyone go to all that trouble to write them down?

And the drover, of course, westward they journeyed for the important market twice in the year. At appointed times they fixed stances throughout the Hebrides and they bought by individual bargaining the crofters' Highland cattle. It was not much that Donald had in common with the drovers. His livestock consisted of a few ducks and some hens; his harvest was from the sea; if he went to the market, it was to visit the big tents and see the gay sights. Always in a hurry, the drovers passed through the islands with scarcely a glance at the most enchanting scenery. The tangle of the Isles held less fragrance for them than the odour of the byre. Landscape, seascape, romance, history meant little to them: there was no money in it. Bonnie Prince Charlie had passed the same way, found sanctuary not far away; Flora Macdonald crossed the ford to save his life and risk her own; but the drovers were never interested enough to inquire where, when, or how. Conversation on the ferry was entirely between themselves, invariably about beasts. Donald was superstitious; they were more so. Was it not they who invented the luck-penny, and always insisted on getting it? Queer men, thought Donald.

In the gloaming of an autumn day three drovers from an eastern county, bent on bargains on the hoof, arrived at Carnan after the ford had closed. To reach the market centre of Benbecula early next morning they must sleep at Creagorry. It was approaching high water when Donald took them on board, and halfway across one of them asked what the fare might be. "Six pence", was the brief reply. Donald's mother tongue was Gaelic, but he could speak all the English he needed for the ferry. The passenger, raising three fingers, said: "Three pence, that's all ye'll get."

"Ach weel, as it is yourselfs, perhaps I will be letting you haff the night's part cheap," retorted Donald in his best Gaelic idiom. His antagonist quickly collected the coppers and laid them on the rowing thwart. The boatman's pull on the oars was strong and steady, and soon the keel crunched over the shingle on the shore.

As the drovers disembarked, Donald pushed afloat again and flung their pennies after them, with the cryptic remark: "You can haff the night's part for nussing!"

The east coasters climbed the knoll that confronted them, only to discover that they were marooned on a little island, where they had between them and Creagorry beach a deep channel, which would not be fordable till morning. "Come back, come back, an' we'll ilka gie yea shillin'," they cried. No reply. "We'll mak it half-a-croon," There was only echo to respond. Donald had disappeared in the dusk. The creak of his tholepins could be heard, gradually getting fainter. Softly descended the sombre silence of the Hebridean night, broken only by the occasional clear call of a lone curlew in the distance or the swift swish of invisible mallard in flight overhead.

The castaways huddled under the shelter of a large gneiss boulder, ruefully reminding each other that they were likely to lose the best of Benbecula market, for the deep-quartered sturdy stirks reared on Lionaclait and Balivanaich machair meadows were the champions of the Western Isles. Were they not herded at the dawning on the market stance and the first sold? "Fan wis the like iver in't? We'll mebbe fa' hint for Lochmaddy mairt tae," they moaned.

Talking was the only way in which they could conjure up the at-home atmosphere and relieve their nostalgia. There was nothing else for them to do. They couldn't blame the one who fixed the fateful fare; he was but their spokesman, speaking for them all. When the haggling game was won, as it seemed, did they not congratulate him on his victory in a dialect that was Dutch to Donald? Now there was nothing for it but talk, or dragging their gloomy thoughts through a long night that was only beginning to fall on them. In utter, overreaching meanness they had spilt themselves into Doubting Castle.

There were spectres in the shadows, and a haar from the Minch was creeping eerily over the ford. For the drovers the situation was weird and wanton. They had heard stories about Benbecula barbarians; but a full-flowing tide would protect them from the assault of any such that might still exist. Was there not witchcraft in these islands of the queer language, and the putting on of spells bringing misfortune which no one could change but those who brought it on? And in the ancient legends the practitioners of the black art were seldom so accommodating. In Uist, tales were told of kelpies, banshees, and corpse-candles sometimes seen streaking like a wisp of flame through the dark night between Iochdar and Hacklate, invariably presaging mysterious drownings, and they were exactly in the line of it. What a place to come to, even for the cream of Highland cattle at bargain prices!

The drovers had bought hundreds of Hebridean stots and stirks over the years, but could never fathom the constant composure of those happy-go-lucky crofters and cottars, who always had plenty of time and so little else. They realised that their own Doric was one barrier preventing intimate friendship with the Islesmen. Many of their deals had to be transacted by signs. One of their number had said to a Griminish cottar at the previous market that he wanted a good coo (cow). The Baolach - the local name for a Benbecula native - quickly hitched his cow to a fence-post, ran at top speed the half-mile to his home, and soon returned with a well-bred collie racing at his heels. "This is the best *cù* (dog) in Benbecula," he gasped in front of the mystified drover. Yes, they had sounds at home similar to some of the Uist vocal sounds, but things were not the same.

Out here were places they wished to go to, but too frequently the folk from whom they sought direction failed to understand what they wanted. What stranger could pronounce intelligibly such terrible place-names as Sgarraidhleoid, Sliabhnahairde, Bailenancailleach, or even the oftenest heard *Creag Ghoraidh*, where a hospitable hotel is always open? No one, of course, except those who spoke Gaelic. *Eilean Chreag Ghoraidh*, the islet on which they were dumped somewhat callously, though not undeservedly, undoubtedly exuded the occult. It was a fairy knoll set on the silver sand, now all too sea girt. There was nothing they could do but wait, wait in the cold night air, wait wearily for the ebb tide and the slow returning of another autumn day.

Meanwhile, Donald had reached home, where he warmed himself calmly and leisurely at the glowing peat-fire. Stroking his grey whiskers after a bowl of brose, he said to Catriona his wife: "Long enough - long enough for the drovers to learn their lesson." So he pulled for the fairy isle.

Hearing the oar-strokes approaching, the excited bargainers rushed for the shore, shouting, "Oh, tak us awa' frae here an' we'll gie yea croon!" Crùn is good Gaelic for five shillings, and was very good money in those days; but it was a fee that Donald would never charge for any charter day or night, duke or drover. "Keep your crùns, you are fond enough of them, but you will effery wan put saxpence on me hand pefore you put a foot in me poat," he replied. So they re-embarked silently, humbly, and thankfully.

As Donald landed the men where the sea laps the end of the road, he shook hands with each and said: "Goodnight to you. You will be knowing now that me and the poat are old but honest, not chust the same as drovering." As he pulled for home, he kept chuckling to himself: "Long enough, long enough - they will be the better of that."

The fairy isle has since roused itself from sleep, moving out of isolation in one leap. On it is anchored a tall span of the great new viaduct. Benbecula can now forget the ebb and flow of tide on the South Ford - but Donald and the drovers will be remembered forever.

Dougie's Brose and Bonaparte

Dougie sat on a stool at the peat-fire in Dreumasdal bothy holding a bowl of brose between his hands and blowing away on the steaming oatmeal, his cheeks bulging like a piper's in full blast. Without diverting his breath, he turned his eyes on his mate Ronald, missing since early morning and now rushing past without a word ben to the bunk end, soon to reappear from that dark recess with all his worldly goods wrapped in a plaid over his left shoulder. Dougie, still blowing away, gave another side-glance in utter amazement at the excited youth standing impatiently with his right hand stretched out for a farewell shake. In response, the blower fixed the wooden bowl between his knees and lifted his breath to say: "What's your hurry, and where on earth are you going?"

Ronald very briefly related his misadventure - how Charlie, the minister's pony, had come to a soft prolonged halt, and so his own hasty flight. "I'm leaving without warning or wages and must be far enough away before the minister gets here. You better leave your brose to cool itself and run as fast as you can to Druidibeag ditch to extricate the poor creature. Good-bye." This, of course, was all in Gaelic, the language spoken in Uist then – as now.

The lad had gone out at sunrise to catch the three-year-old Highland colt so as to have him saddled in the stable by breakfast-time, for he carried his master on pastoral rounds and ministrations in a parish stretching thirty-three miles, from Eriskay Sound in the south to the farthest extremity of Benbecula.

Ronald's situation as horseman on Dreumasdal farm had been no sinecure. When he came there the first task assigned to him was breaking in the wild colt on the silvery beach along the Atlantic edge, where the track was soft and tiring for a quadruped; then, after many days of such taming exercise, urging the harnessed animal to drag sled-loads of wet seaweed from the shore up through a gap of loose sand in the white brow of the machair and over the bent grass of the dunes. This went on till the beast was quiet enough to bear a saddle and carry the minister safely through the townships of the parish. But Charlie loved the open spaces when set free from duty, and on summer nights was allowed to roam over the rugged moor.

That morning Ronald wandered far before he spied the pony on the green delta of a burn flowing into Loch Druidibeag and soon stalked close to him. He got a grip of his mane with one hand, only to lose it when he tried to slip the bridle on. Charlie moved quickly out of reach. This happened repeatedly, even when he seemed well cornered on a peninsula or up against a steep outcrop of rock. The wily animal always managed to break away and gallop off to a safe distance, obviously enjoying this catch-who-can game.

Getting tired of the chase, the lad was beginning to lose his temper. He could not go back without the stubborn beast, and looking at the sun now climbing well over the hills, he realised that the Rev. George Munro was probably at that moment waiting for his mount. The horseman, by this time desperately determined, chased his challenger on to a marsh to slow his pace and, having succeeded in getting him wallowing to the knees close to a wide, deep ditch, sprang for the capture.

Charlie, not yet in surrender mood, got his hoofs free and jumped for the firmer footing across the gaping channel; but, failing in the effort, he got bogged down to the haunches. The pursuer picked up a caber with which he could reach the hindquarters and began to rain blows on the struggling creature, giving vent to the wildest Gaelic oaths each time he delivered a heavy whack, quite unaware that the minister was a rapidly approaching spectator.

"Have you not killed him yet?" There was a furious ring in that shout of intervention. The owner was roused to righteous wrath at sight of the harsh treatment meted out to his dumb friend. Charlie was his darling. The startled assailant dropped his clumsy weapon and fled before the brewing storm. It did not take him long to decide that the wisest thing for him to do was to quit at once and without the formality of notice on either side.

Approaching the farmstead swiftly in a state of panic, Ronald kept a ridge of hillocks between him and the big house windows, for the minister's wife was sure to be watching and waiting for the safe arrival of man and beast. Should he encounter her, it would be extremely difficult for him to answer awkward questions concerning his master's long delay on the moor and about the lost pony, a special favourite of hers. It was she who chose the romantic name Charlie for the bonny fair foal when it frolicked in a paddock, in memory of the Prince who owed his life to her aunt Flora.

Leaving Dougie to his brose, the fugitive set course for home, thirteen miles away in Benbecula. There were no roads in Uist then, nor for long after that summer. His track lay over machairland, kindly under foot and fragrant with the scent of wild flowers and clover. As he hurried north, having launched himself impulsively into the unknown, the ceaseless sighing of the vast Atlantic struck awe into his very soul. No terrestrial spot broke its heaving surface between him and American shores, except the solitary stack of Rockall, two hundred and thirty miles due west of the flat Iochdar common he had to traverse before reaching Benbecula Ford.

Of course, he never dreamed of the mighty aerial marvels that lonesome plain was to yield habitation to more than a century subsequent to his generation. The only thought that obsessed his mind was escape from the shadow of shame to undisturbed safety; he must move fast and far. Out there, far across the sea, some of the folk he knew in boyhood days had found a rewarding way of life; and many were still sailing hopefully for Nova Scotia. No doubt Ronald would have decided there and then to join his compatriots on their new Gaelic island, but such a desirable venture required lengthy preparation and much money - whereas all his worldly gear was on his shoulder, and none of it had a metallic ring.

His sanctuary problem, however, was soon to solve itself. On reaching home, he heard news that brought relief to his troubled mind: a recruiting-sergeant in braw uniform was handing out the King's shilling to young men as fast as they could come to Gramasdal Inn. Thither he went without delay and enlisted. In a few days, among three-score stalwarts, he embarked on a packet at Lochmaddy for Dunvegan, to march through Skye on to Fort George.

By the time those recruits had been drilled to perfection, Bonaparte was commencing his European rampage. Ronald was one of the gallant Highlanders who took part in the ultimate defeat of his ubiquitous hosts. Our hero campaigned through the Continent, fought and bled in the Peninsula, and shared in the decisive victory of Waterloo- where a wide ditch proved the undoing of French horsemen. Soon thereafter he came back to his native Benbecula carrying a creditable discharge.

Many seasons had come and gone, many peat-stacks had burned on the bothy hearth, since Ronald was a lad at Deumasdal; but memory of Druidibeag ditch never faded. During the intervening years Charlie continued to carry his master throughout the parish, and occasionally over the fords to the seat of presbytery in North Uist. Both man and animal were now slowing in pace with age, but yet in good health when the soldier returned from the wars, a fit man despite his scars.

A month or two after Ronald settled down in the old home, the postman, who made irregular journeys on foot between the unpredictable Lochmaddy packet and Benbecula, brought him an important O.H.M.S. schedule with attached instructions to the effect that the parish minister's attestation as to identification was essential to the completion thereof. There was also an appended warning that forfeiture of pension rights would result should the discharged soldier fail to implement such stipulated conditions within a year and a day, reckoned from the last day on which the said soldier wore uniform in the armed forces of the Crown.

All this appeared more formidable to Ronald than a bayonet stand in reception of Bonaparte's cavalry. He never forgot the raging rebuke that drove him to the drill-squad and the battlefield. Could he face his old master again? He put those papers away in his wooden trunk for further consideration. Many a morning did he look southward indecisively in the direction of Dreumasdal House, but could not now summon up the courage that had never failed him in sanguinary conflict.

Then one day, re-examining the dreaded document, he realised that the period of grace would very soon expire, and that he must risk renewed reprimand and perhaps some legal penalty, or silently abandon his claim forever. The old folk at home encouraged him to make the fateful journey without another day's delay. They said: "The minister is old now and much milder in his moods. At the worst he can only refuse you and send you to the sheriff court. He can't kill you, anyway."

So it came to pass that Ronald wended his way leisurely toward Dreumasdal, back over the track he had taken in flight so long ago. He observed conspicuous changes the years of exile had wrought in the townships through which he passed - old folk he knew in his youth were gone; youngsters he could only identify by parental resemblance; some cosy cottages where he used to ceilidh now exposed bleached rafters concaved over spreading nettles and tall thistles.

He hurried away from the sad sight to the sandhills overlooking the eternal sea. Fording the channels where Atlantic and Minch waters mingle in ebb and flow, he came to Iochdar Machair. No change there - the same old colourful carpet of wild flowers and clover unrolled before him; meadow-rue, so coveted for its dye, still held its ground; ringed plover scurried through the bent grass with their chicks; the skylark's song trilled on the shimmering air; beyond a poppy-sprinkled field of rye cattle grazed on the green sward skirting Loch Bee, while a herd-lad waded the brackish water in search of flounders. Machair Mòr had not altered in any way. Not for another seven-score years would it change 'into something rich and strange'.

The sun was in the heart of the south when Ronald arrived at Dreumasdal House. Knocking diffidently on the backdoor, he was told that the minister was not in, but would be soon. "Ach then, I'll wait in the bothy," said the nervous inquirer, grateful even for a short respite. So over to his old abode he went. It was eating-time on the farm, and Dougie was there still. They had just begun to exchange news, when a maidservant ran in to say that the master had returned and was ready to receive the stranger at once. She would lead him to the study in the big house.

Without introduction or explanation, Ronald handed his precious papers to the minister, who failed to recognise him till he read his name and designation. For a moment he stared sternly at the silent suppliant standing to attention respectfully and anxiously before him. Then, in a voice vibrating with the old ominous ring, came the direful hark-back: "I suppose you remember the plight in which you left Charlie and myself, though it happened many years ago?" "Yes, sir," came the reply - bravely enough. "It's whole twenty-two years since I fled from Druidibeag ditch. But I made it up to Charlie today and let him into the clover field for a while. Ach, he is looking and feeling better than myself, and grown so tame and friendly, sir."

The old master, relenting somewhat, said: "I'll help you on one condition. You have been to the wars, fought in foreign lands, and seen wonderful things between the time you left Dreumasdal and this day of your return. You must tell me truthfully and to my satisfaction, before I put pen on your pension papers, the most wonderful sight you have seen in all that time."

"Yes, sir," answered Ronald confidently, "I can tell that without a word of a lie in it. Before I went away to fight Bonaparte, I said good-bye to Dougie in the bothy as he sat on a stool that morning blowing on his bowl of brose. Today I found him sitting on the same stool, blowing on the same bowl - he's at it yet. I never knew that brose took so long to cool. That's the most marvellous sight I have seen in twenty-two years, sir."

The Rev. George Munro signed with a hearty laugh.

Nut-brown Morag

A lock of her hair was in my keeping long after I got married. But that never seemed to worry my wife, even when I happened to pick up the curly wisp, getting lost in thought and usually ending my reverie with a tragic sigh. My sensible better half just went on with her work, paying little heed to those meditative moods of mine, for she could remember clearly enough that I was only one of Morag's many admirers and that we were more or less ignored by our 'nut-brown maiden'.

In a sense it's a unique story; and it's a true one - it happened. Yes, strange things have happened - still do - in the far Hebrides. Our heroine, who was endowed with splendid qualities in uncommon measure, commanded genuine affection as well as widespread admiration. Extremely good-looking and attractive, she nevertheless seemed superbly detached, as if exceedingly proud of her Highland pedigree - and Highland she was to the core. So shapely and graceful in form and movement, apparently unconscious of her striking loveliness, she remained blissfully indifferent alike to sincere compliment and bold blarney, viewing the world around her mostly silently and always serenely out of those big brown beautiful unfathomable eyes. For all that, I like to think that it pleased her when in the passing I patted her on the shoulder or even dared to stroke her dimpled cheek tenderly, and sometimes spoke a Gaelic greeting, which Sassenachs around us couldn't understand.

Morag was young when she took up her first (and only) situation at the inn, an old house with a welcome rest-and-be-thankful air about it and a magnificent open view of landscape and seascape, close to the tidal channel which separates South Uist from Benbecula; and no one ever served more charmingly or faithfully. She worked for her living and lived for her work, which was as varied as she was versatile. She helped with the transport and on the croft. Spring was a busy time of preparation at this Hebridean hostelry. There was ploughing, planting and sowing to be done, so that the houseful of guests throughout the summer could enjoy plentiful home produce. Well, Morag could take a turn at the plough and cut a straight furrow. Tillage lasted only a few weeks; but she loved outdoor work all the year round and was particularly attached to the shiny yellow gig, in frequent commission for the conveyance of passengers across the mile-wide ford to and from Benbecula.

The establishment was the cosy haunt of mainland anglers who span their yarns late into the night in inspiring haze of tobacco smoke and peat reek. They were all fond of Morag, who attended to their comfort capably and conveyed them safely to the sea pools where the large silvery trout sported. But fishers were not the only guests who claimed attention. Here also, on this lovely Hebridean isle in sight of lone St. Kilda, was peaceful paradise for honeymooners who slipped secretly away to the unknown, and for city folk bent on a break that brought a blessing: a veritable happy haven for the harassed and the heavy-laden, a satisfying refuge for any soul seeking rest and renewal, in an atmosphere all the time and all around breathing the spirit of Tir-nan-Og, ethereal, enchanting, so delightfully soothing. In this very pleasant environment Morag was a pivot, playing an almost ceaseless active part.

There were in those halcyon days no traffic problems in this sunny sanctuary, nor much use for petrol beyond its application in domestic dry-cleaning. The half-dozen cars which had hitherto found their way to Uist were a primitive type and an unpopular sight. Somehow they failed to fit into the traditional economy. They were an innovation and a noisy nuisance. They scared the horses and broke their carts. But Morag was most reliable and obliging with her gig. The jaunty turn-out was much in demand by visitors. It took them comfortably to desirable places quite inaccessible by car: to such beauty spots as the warm Atlantic shore, where one might bathe and bask undisturbed from the rising to the setting of the sun, where the going down of the same sheds a lingering glow of sheer enchantment o'er machair, moor and mountain. Machair Mòr, fragrant with its profusion of wild flowers and teeming with bird-life, never failed to surprise the stranger or to allure the nature-lover. Here are the fairy knolls of folklore, and eerie are their legends. No wonder; for archaeologists have lately excavated some of those green conical mounds, exposing circular walls with small chambers inset and a central hearth - a large slab of thin schist cut to a shapely circle. One I examined is completely surrounded by a perfectly preserved artistic fender of interlaced mammal jaw bones with teeth entire, as if guarding the reddish-brown ash of the last fire, left (perhaps in panic) to burn itself out thirty centuries ago. It is but thirty years since Morag and her visitors wandered here. Of course, they never thought of Picts, fairies and rocket men as successive tenants of this pleasant plain, somnolent under spell of the sea-song. Few of the natives believed that Machair Mòr would ever change; no, not even when all the rabbits died, leaving their winding burrows to the shelduck for her nest and numerous clutch of eggs. But long before the atomic age was ushered in, an old seer made weird predictions concerning marvels yet to be among the sand dunes here.

Morag also was credited with second-sight. On more than one occasion she was said to have encountered phantoms on the ford, near where the giant viaduct now straddles the wide channel, and years before a single pile of it was stream-hammered through the cockle strand. On a night journey she might pull up abruptly as if confronted by some apparition, visible only to herself. She would peer into the darkness for a moment, and then proceed on her way silently and seemingly unconcerned. It was no use questioning her, she would never divulge her secret.

It was a place where hazards were oft encountered; the mysterious was never far away; surprises were as frequent as the ebb and flow of tide. Minutes of misjudgment might find the hapless wayfarer floundering where opposing currents from Minch and Atlantic meet and merge in relentless surge. This flow unleashed from east and west, creeping round the feet of the unwary, was death's weapon claiming human sacrifice in every generation. Those little lichened cairns along the shore mark the spots where the erring victims were washed up. For some it is the only memorial. I knew the last of them, a decent friendly tinsmith. If travellers henceforth come and go by the new mile-long tall bridge, Moses Stuart will always be the last of the lost.

I was intimately acquainted with the South Ford in dangerous days, for many years, and much it taught me. On one memorable occasion it looked quite likely that a little cairn would be built for me somewhere on the windward beach; and it would have been but for the good providence that put Morag on duty that Sabbath day. She took me dry-shod to Benbecula on the ebb, returned home and was to come back for me at the closing of the ford. It was calm clear weather when we parted; there seemed little cause for worry or hurry on such a sunny day. It never occurred to me for a moment that the fair scene could possibly change so soon and so seriously.

But change it did. Down came a blanket of fog, denser than any I had ever seen before in the Outer Hebrides, low and widespread, blotting out every landmark. Back on the beach at the appointed time, I stood on the fringe of the flowing tide, near a small skerry, which for countless generations was regarded as the venture gauge. The moment a wavelet washed its grey skull, for safety ford must change to ferry. Anxiously I watched the water rise inch by inch round that rock till it became submerged. In a minute or two the dim outline of the gig's superstructure loomed ahead of me. I shouted, "Go back, back for dear life's sake if you can make it," for between us stretched a perilous pool now nearly a fathom deep. But there was no retreat for Morag. She gave no heed to the warning. She took risks bravely and competently. I climbed on board, and we decided instantly to take the plunge. For seat companion I had a lad from another island who had recently come to the inn to help with the work on farm, ford and ferry. Angus had seen a cairn or two and knew their tragic meaning; but the ford he knew not. He was now being initiated in its mysteries and facing for the first and last time the menace lurking obscurely in its swirling flood. We were only a few yards on our way when the horse had to swim, but the trap remained upright, our combined weight providing ballast enough to prevent it capsizing or being carried away by the strong current, though it swept up to our knees where we sat. However, we got through that pool safely and came to wading depth, for a short distance fairly shallow, then suddenly shaft-high, in a while shallower and again deeper, never knowing how deep it might yet become. And so it continued. Mist and sea, inseparable, enveloped us. All sense of direction vanished, but we kept going, on and on, for what seemed interminable time, with never a spot of dry sand or land in sight. An occasional patch of bladder-wrack deceived us into thinking that we were very near the shore, but as the tide carried the weed away our hopes departed with it. Angus would cry excitedly, "Better steer left; we're heading for the Atlantic." Then, "No, it's into the Minch we're going." I told him the leave the course to Morag. If we were to get out of it alive, only she could do it - under Providence. Judging by the time we had been floundering at sea, we should have reached the shore somewhere if our course stayed approximately south-south-east. It was impossible to say; we hadn't a compass. All we could do was to try and avoid quicksands and further swimming depth.

When all seemed lost, a shout came faintly through the fog: "Steer straight for me and you'll be safe." Never was a signal call more cheering. It was a man who had been sent to search the shore for us. How joyfully we obeyed and made for the voice in the mist. Soon we climbed to sea-pink sprinkled turf, a few hundred yards west of the road-end. Morag instinctively chose and followed the only possible way to safety - wisely we left it to her. Our gratitude was truly heartfelt, as our praise for her calm courage and flawless navigation was boundless and so thoroughly deserved. But she merely shook her head and took it silently.

It didn't take Angus long to enlist in the Cameron Highlanders, probably on the assumption that a military career offered surer safety than the brief adventurous one he hurriedly renounced.

My duties continued to take me frequently across the South Ford. A year or so later, I came to it early one morning after a night of tempest. Folk were still abed at the Inn, so I wended my way on foot, boots strung over my shoulder and slacks rolled up high. The gale had blown itself out and the ebb was well on. Approaching Benbecula beach and wading through the deepest channel, I came suddenly on something that shocked me inexpressibly, a tragic sight that fixed itself in memory indelibly.

There she lay, where she died. Silent she was in life; silent now in death; her stout brave heart forever still. Dear fearless, faithful Morag. How often we faced and fought and overcame the perils of the ford together: I could not help loving her. Sorry my story ends so sadly; but it's true and must be told - just as it happened. This was how: in the small hours of that morning, while it was dark and the storm at its height, Morag had to take two men from Benbecula at a state of the tide that would be risky even in bright daylight. They were soon off the safe track and facing death, just because they insisted on taking charge and prompting her off the course she knew better than any human being. She swam gallantly to a reef where they got away with their lives, but the last supreme effort cost her her own. The mighty surge of the gale-driven stream capsized the gig as the men jumped for safety. She continued to swim bravely till the loose reins entangled hoof and head ... then it was all over.

I found her that grey morning where the receding tide had left her half submerged, lying on her side as if asleep, her harness still buckled on her. I bent over her sorrowfully and with my fly scissors cut from her mane the lock of hair I kept so long in cherished memory of a bonny brave Highland mare - nut-brown Morag.

Witchcraft-wise

It was a sunny early spring morning in Benbecula when Rev. Ewen Campbell, Parish Minister, was taking his customary walk along the township road past Iseabail's little croft. The skylarks were on the wing, pouring out their song of praise with a note of promise and hope in the enchanting melody. Some sixty yards off the beaten track stood the old woman's cottage. She was at the door, wondering if he would turn in to see her, as he did from time to time. He called out to her in Gaelic, the language spoken by everybody on the island. "How are you today, Ishabel?" There was little sign of hope in her reply. "I am well enough, Minister, but my poor cow, the main support of my life, is nearly dead and I don't know what will happen to me if I lose her. Please come over to have a look at her." He soon joined her and together they entered the byre where the sick animal was lying helpless. Iseabail begged him to say a word of prayer to cure the poor creature. Such a request had never before been made to him. However, not wishing to disappoint her, he bent bareheaded over the cow and solemnly said: "Ma bhios tu beo bi beo, ach mar a bi thu beo, bi dol" which translated means, "If you are going to live, just live; if not, you better be gone." When he opened his eyes he noticed a woollen thread tied round the animal's neck. Breaking it, he noticed that it was twisted in a peculiar way and said,

"What is the meaning of this?"

"That," she replied "is for lifting the evil eye off her, for it is the evil eye that put her down like this. I know two or three, not very far away, who have the evil eye; but I will not say which one of them put it on my cow."

"What is the meaning of this kind of twist?" he asked.

"There is magic in it," she replied. "It was Red Rachel who made it and while she twisted it she was chanting a strange incantation which I was not able to follow, but the final words went something like this: 'What is fated must happen unless this magic thread prevents it'. Rachel said that if the cow did not stand between sunrise and sunset the following day, she would never move again. That was three days ago and the poor animal is still lying there.

"I do not believe in your evil eye or in your magic thread", said Rev. Ewen, "but I can tell you what is wrong; she is nearly starved for lack of feeding through the winter and it looks as if in her hunger she swallowed something that is causing obstruction in her stomach. You better go and boil a big pot of barley porridge with plenty of butter or seal oil in it. When it cools give her half a bucket and the same quantity again before you go to bed. I see your neighbour has three stacks of corn out yet; he will give you for the asking as many sheaves as you need; that will get your cow into better condition. My father was a farmer in Kintyre where I learned all about cattle and their needs. You and your evil eye and magic thread. I hope you will not believe in that kind of thing anymore."

"Well, Minister, I have always believed it. Rachel is well up in witchcraft and I can give proof of that; she can make the clay corpse too. Perhaps you remember about Seumas Mor and what happened to him a few years ago. When a smart-looking girl from Glasgow came to the district he started going out with her although he was engaged already to Morag Bhàn. When her mother heard that Seumas was now going to marry this girl, she said, 'That is a wedding they will never have'. Under cover of night she went to Rachel's house and persuaded her to make a clay corpse that would put Seumas on his back for a long spell. That young man was at that time as healthy as anybody in Benbecula; but in a few days he was confined to bed with a terrible pain in his back. He lay there for a couple of months unable to do any work. The Glasgow girl getting tired of waiting left the island, never to return. Seumas Mor went back to his first love. Don't you think, Minister, that it was the sharp sprigs Rachel was sticking in the clay corpse that put Seumas on his back?"

"No", he replied, "I remember well enough about Seumas. A bonesetter who came to see him told him the cause of his trouble, that he must have lifted a heavy load quickly while standing in a wrong position thereby forcing two or three slices in his backbone out of place. You and your clay corpse, I would advise you to keep away from Red Rachel. The like of her never did any good to man or beast."

So they parted, the Minister to continue his walk and old Iseabail to boil her barley porridge. About ten days afterwards, when passing the same way, he saw the cow grazing heartily and vastly improved in appearance. Iseabail was near hand looking on so pleased and proud. She was the happiest woman in Benbecula.

Minister and Priest were on friendly terms working together for the welfare of the community, visiting the aged and the ailing regularly. Thus they carried out the Psalmists' exhortation:

'Behold, how good a thing it is and how becoming well,
Together such as brethren are in Unity to dwell!'

By the end of spring, crofters possessing good holdings which supported their families comfortably had completed their ploughing, sowing and planting. They then set about gathering seaweed washed up on the long stretch of sandy beach, spreading it to dry on the dunes. On a fine summer day with a soft wind blowing off the Atlantic, the kelp kilns along the shore poured upwards columns of smoke, which spread over the island an aroma more fragrant than any pharmacist could ever provide. Autumn had a good share of sunshine, which ripened a bumper crop to fill the stack-yards. Winter was the only season when the people could relax for entertainment or recreation. In every township there was a ceilidh house where they gathered and got close together in warm-hearted conversation, singing the old Gaelic songs or listening to a tale told by a seanchaidh who knew the folklore of centuries. Sometimes Minister and Priest, both interested in the preservation of traditional lore, looked in to encourage the ceilidh. The weather was severe, resulting in widespread sickness. Both clerics were kept daily on the move visiting the sick. The Minister was the older man and not so robust as his brother. The extreme cold affected the former so badly that when spring came round again he developed a quinsy throat and was confined to bed, incapable of swallowing a bite of food or a mouthful of water. Rumour went through the island that he had become so weak as to be at death's door. When Iseabail heard of his serious illness, remembering his kindness to herself in time of need, she went to see him. The Mistress of the Manse took her to his bedside. Iseabail looked mournfully at the poor man who was gasping for breath; then closing her eyes and clasping her hands she bent over him to pray solemnly: "Ma bhios tu beo, bi beo, ach mar a bi thu beo bi dol (If you are going to live, just live; if not, you better be gone)". The distressed patient gave such a roar of laughter that the quinsy burst. This brought him instant and complete relief. In a few days he was out enjoying fresh air and sunshine, listening to the skylarks rising from the stubble pouring out their song of praise to Heaven. Rev. Ewen Campbell was the happiest man in Benbecula.

Memories

Strange how mind and memory act spontaneously and- come to think of it- how one word may conjure up some adventurous dramatic happening of long ago. Such was my experience one day recently as I listened to the news coming over the radio about the trouble in Mauritius. That name reminded me of trouble of a different kind in that faraway place. A sailor who was there nearly a hundred years ago gave me a first-hand account of that and of other experiences. Though he went to sea a penniless lad in his teens, he came to be known in his native isle as Seoc-an-Oir (Golden Jock). His North Uist forebears were respected in the Outer Hebrides for their honesty and industry, though scant their substance at the best of times. Jock's letter writing was infrequent and after a year or so ceased. He continued his voyages on a four-masted windjammer, the S.S. Albatross. On one occasion she put in at Port St. Louis, Mauritius, for fresh water and stores. The crew were surprised to find many ships at anchor in that port. However, they anchored some distance from them, though they sensed some mystery connected with such an unusual gathering of sailing craft. Before long they discovered that quarantine had befallen them owing to the plague of cholera, which had struck the island and spread to a few of the ships. One day Jock was alone swabbing the deck and for this job he had a large bucket on the end of a rope hitched to the taff-rail. He pulled it up full as required to splash it over the planking and then heaved it overboard again. Looking up from his mopping he saw a sailor swimming over from a Chinese craft making straight for the rope. He watched him climbing with agility hand over hand till he actually reached the railing. He saw the man's pigtail swinging as he struggled to get on board. There was no time to lose so he got a boat-hook and pushed the China man back into the sea, where he went under with a great splash but soon surfaced again, scowling up at the man with the boat-hook and swearing in as good Gaelic as Jock ever heard on his native isle. Astonished at the man with the pigtail having such expressive knowledge of his mother tongue, he flung the line back and pulled him up to join him. It did not matter now whether the Chinaman had cholera or not, he had a good command of Gaelic anyway. Jock took him below and gave him dry clothes and a good meal. The Chinaman's name was Angus Macdonald from Lochaber, who for many years had sailed with a Chinese crew adopting their way of life, including 'hair-do'. Jock soon informed him that as they were a man short the captain would be glad to sign him on.

In a week or two when quarantine was over and the all-clear given, ship after ship hoisted sail to go their several ways. The S.S. Albatross steered south to discharge cargo at Cape Town. Soon after arrival there, a rumour of a diamond discovery far up-country reached the crew, so one fine night Jack and Angus secretly packed some belongings, deserted ship and struck it lucky, his claim being one of the most productive in the diamond field. In less than a year he was a very rich man. Soon, however, strong drink was obtainable in unrestricted destructive quantities. Angus foolishly gave way to the temptation it offered. After some months he contracted a fever, which his impaired constitution could not overcome. Soon he was buried near the scene of his short-lived fortune. Jock, on the other hand, was physically very fit, of strong character and of good moral fibre. He gave the liquor booths a wide berth and continued to build up gradually what ultimately became a fortune. His first letter home after a silence of several years contained a draft for a large sum of money, which enabled his brothers to build a fine commodious house. The unexpected windfall also set all the family at home on their feet for the rest of their lives.

As a young student I had the pleasure of spending some days at the Morrison Mansion in Edinburgh where I got from Jock himself the story of his adventures. I had gone there to play in the Glasgow University shinty team and on the playing field I met two of the Morrison boys who insisted on my spending the weekend with them at their home. When it was time for me to return to Glasgow on Monday morning I was persuaded to stay for another day. It was easy for the boys to get my agreement to spend a longer time in so enchanting an atmosphere. I wished to hear as many as possible of those true adventure stories. The old gentleman was in possession of all his faculties unimpaired. Sitting by the fireside, he would refill his pipe now and again from a sizeable jar of Boer tobacco while I tactfully prompted the relating of his hazardous career at sea and on the diamond field. The kind lady who was his wife also hailed from my native isle, where all the boys spent the long summer vacation every year. There were wide stretches of lovely white sand and small tidal islands near us. The sea pools were ideal for swimming and also offered sport with flounder spear on calm sunny days. Two or three of the boys were my regular companions on such outings and our friendship continued throughout the years.

The family consisted of seven sons, who all received a university education preparing them for the medical and legal professions. Alasdair fell in the First World War bravely leading his company in battle. William, with whom I occasionally corresponded in Gaelic, played the bagpipes and violin remarkably well, especially the old Highland tunes. He became distinguished as Speaker of the House of Commons and latterly Governor General of Australia. When raised to the peerage, he chose the title Dunrossil, the name of a prehistoric fort near his father's birthplace. In boyhood days William and his brothers often defended those ancient walls with bow and arrow against ghostly assailants.

What a host of pleasant memories the mere mention of Mauritius kindled within me!

Soldier Palmer

Bradan Manse being only half a mile or so from the Highland village where I happened to be spending a few days, I called one evening to see the parish minister who I knew so well – though we had lost touch with one another, our irregular correspondence having ceased altogether years ago. It was a young schoolgirl daughter - the very image of her mother - who brought him to the door when I enquired for him, and in the fading light he failed to recognise me. An impish thought prompted me to prod his memory: "Glad to see you looking so fit, Soldier Palmer," I said, with an irrepressible laugh. "In the name of Neptune!" he exclaimed, as he held my hand in a hearty grip that squeezed the blood down to my fingertips. "It's yourself, you stunning amphibian!"

"Strange coincidence – this Soldier Palmer resurgence!" he continued, "Only yesterday I had a letter from a friend with whom I fished twenty seasons ago, commencing: 'Dear Soldier Palmer ...' It's a mystery that must be probed before you leave my parish – aye, this very night. Where's your bag? – Never mind; my wife who, as you know, loves to look after waifs and strays, will air pyjamas for you. You'll have breakfast in bed every morning, and the loan of my shaving tackle near lunchtime. You're on holiday?"

"Busman's," I replied. "I'm expected back at the village hotel late tonight and must be on the road again tomorrow. Bradan Manse, I see, is like your former ones – the hub of Highland hospitality. It would take weeks to recall and talk about the good old days when we roamed about together, but some other time ..."

To cut a very long story short, the gist of our rummaging in memory's recesses and just a few of our resurrected youthful adventures will have to suffice in the recording of our rejuvenating reunion. We lived the dear old days over again as we smoked pipe after pipe of rough cut at the fragrant birch fire in Colin's cosy book-lined study.

Colin – that was the name pronounced by his father at the font in response to 'Name this child' – was in vivacious reminiscent mood. But obviously, he was quite unaware of the nickname fellow fishers had given him long ago, though my salutation seemed to start a faint suspicion.

Good natured and generous in every respect, he had his obsessions about the gentle art and possessed a peculiar mystic sensitivity which perhaps explains the uncanny secret of his success as an angler, and his life-long attachment to the quiet waters set in solitary places. Sprung from a race of bardic seers, he found his ecstasies close to the pulsating chords of Nature; instinctively he sensed and instantly saw much that went unfelt and unobserved by his average companions. Anyway, none of us would risk a ducking by attempting levity at his expense in that sacred realm, for he was strong enough to pitch any of us in, just to show us how calmly he could effect a rescue and administer rebuke.

We did make fun of him among ourselves – at a safe distance. His sobriquet was freely used behind his back. For instance, at the height of the sea trout season, one might say to another of that fortunate coterie who habitually skimmed the cream of sport: "Did you hear that Soldier Palmer had over 60 lb yesterday on Loch Breac?" – and the stated basket would be no exaggeration. If he mentioned it at all you could take his word for it. He never spoke about the one that got away – those big ones seldom did. In fact, I heard about some extraordinary baskets for the first time during that memorable ceilidh at Bradan Manse. To justify his lengthy reticence, he quoted the Gaelic adage: "It's after a year and a day that the real fisher tells his catch".

* * * * * * * * *

In boyhood days Colin and I were inseparable. Born and reared on a lovely Hebridean isle, widely known as the angler's paradise, we were fortunate in having at our local school a headmaster who was an interpreter of nature and an enthusiastic sportsman - keen on the gun, until one day, excited by the sudden approach of a great flock of greylag, he touched a trigger ere he could take aim, shooting off two or three of his toes. From that hour he became a man of the rod exclusively and, to our delight, exceedingly indulgent towards pupils who had similar leanings. Colin and I, being the keenest of that band, occasionally got an hour or two off school to dig lug worms for his sea pool expeditions or earth worms for the trout lochs - he was no purist. But he played the game, sharing his pupil's wholesome pursuits and leading them into the fairest paths of culture. He is gone from the scene long since.

The school is where it was, in outward form unchanged, nestling snugly on the shore where Vausary estuary merges into the extensive bay, which in its multifarious content offered choicest extra-mural education. The building had been slate-roofed for a former generation. The discarded pitch of the old roof, heaped in the playground, became material source for modelling. Original and quaint indeed were our creations and wide the range of our designs, including shapes of things that never were on sea or land! In this - as in, perhaps, much else - our seaside seminary was years ahead of departmental planning for the young idea. The nearby smithy was our 'technical', where our flounder spears were made, and where we saw the forging of peat-blades, implements of husbandry, boat gear, and domestic essentials of the day now relegated to scrapheap or museum.

Westward, through the wide gullet of the bay, stretches a miniature archipelago of lovely little islands all covered with clusters of sea-pink and tussocks of bent grass, sanctuary of ring plover, red shank and St. Bride's bird. That was our happy hunting ground and congenial college, where Nature spread out for us her winsome wonders. The beauty and the peace of it will ever linger with us: we breathed its ozone and absorbed its atmosphere to build us up from manhood's testing times.

In summer, Saturday invariably brought bright adventure to a dozen joyous boys, regular frequenters of the fords, and usually captained by the dear old Dominie. How thrilled we were to flit from hard initialled desks to this expansive school and find a spontaneous way to learn the deeds of ancient days and chart the ocean as we played! History, geography and nature lore - all opened at the proper page. We got to know and love the kindly Gulf Stream as we soaked ourselves in the warmth of it, in refreshing pools of its replenishment. For each of these we had a name: but Birlinn (galley pool) was the biggest and the best known. He gave us its derivation and its story; told us tales of feuds and forays; how so many of them began and ended here; why Clan Donald chieftains had to choose and use it as a secret haven in troublous times and tempestuous voyagings. For us it served more peacefully at the ending of the day. It was here we gathered for the fishing's final round. Galley pool - too deep and dangerous for schoolboy legs - was grand for worming.

Scattered over the shallower channels while ebb tide lasted, we waded with poised spears, scanning the bottom for the dormant plaice; treading the soft sand warily, expectantly; sometimes stepping on a large hidden fish, slippery and difficult to hold down till the pointed barb could be cautiously pressed home in the guiding space between two toes. One had to be expert in the sport to trace the elusive quarry embedded in the sand. Only two beady eyes remained exposed, and the outline of the oval body, always obscure, was frequently invisible. Light refraction was a further handicap on aim; so that it was seldom easier to hit than miss the mark. When the current of the rising tide roused the fish to forage far and wide, rod and worm can come ready substitute to spear with scarce a pause.

That night at Bradan Manse, as we conjured up those carefree happy days when things loomed large and time seemed long enough for its flight to be ignored, I interjected: "You remember Birlinn?" Leaning back in his easy chair, Colin puffed a ring of smoke to the ceiling and with a beaming smile he said, "Let's go down to it again". I sensed his thoughts and knew they focused on a day that marked a turning point; that shed revealing light on raw primeval instincts of the herd; that sent a tremor through the fineness of his soul. Some things somehow changed that day, and to me it falls to be its cursive chronicler.

The schoolmaster was there, and the boys were doing their best to beat him; some of us often did, despite his flashier tackle. Few flounders were now being hauled in, to slap the dry beach with their tails; and catches would soon be compared. The rising tide was about to end the free informal competition when Colin, who had been detained with his father's peat squad on the moor, came panting on the scene. He fixed a lugworm firmly on his hook, only to discover that the all-important sinker was left at home in his haste to get away. Opening his pocketknife, he went among the young fishers seeking a slice or two of their lumps of sheet lead; but they all refused to help him. They only laughed at him, pleased that he was hopelessly handicapped, and that for once they had the better of him. My sinker was comparatively light and indivisible, having been cast by pouring molten lead round a safety pin in a narrow two-inch mould scooped out of a hard peat; the Dominie had an exact replica which I had proudly presented to him, so neither of us could help poor Colin.

Quite undaunted, he waded in to the waist, casting his bait across the current and following the line along the sloping bank. All of a sudden there was a mighty upheaval: a big fish leaped high out of the water, to plunge down again with a shattering splash. Instantly Colin braced in the thrilling tug of war, his long supple bamboo bent almost into interrogation shape – or was it doubt? On this occasion it appeared to signify grave doubt as to the issue. But his approach to a surprising situation was superb. He had no reel to aid him in the tussle; but his line ran through homemade hairpin snake rings, and the spare yards he had ingeniously sheep-shanked along the butt were grudgingly conceded. The critical contest continued, with leaps, somersaults and terrible tugs at the deep end, and a resolute, imperturbable antagonist shorewards.

"Oh, Colin, boy, what a pity you haven't my reel with its hundred yards of line and backing," moaned the Dominie.

The gratuitous instructions shouted by the gallery – no golfing star or stage performer ever had a more excited one – went unheeded. For a while Colin had the monster under control. Then it went down, submerging the long bamboo from tip to grip.

"It's gone!" we all shouted in chorus. Well, the rod was; something had to do. When a smash seemed inevitable, Colin instinctively released the rod. It bobbed up and down; then sped along, cutting a wake like a silver torpedo. He sprinted on the fringe of the tide, keeping abreast of the unique elongated traction outfit. It was as if some primeval monster of the deep had come alive again; it was weird. The run lasted long enough to leave us all well-nigh breathless.

Towards the shallows the pace slackened, and Colin plunged in to the armpits, retrieving his rod to renew the stubborn combat. That fish was a creature supercharged with baffling energy, contesting every pint of brine. The fight had lasted at least ten sensational minutes and must soon end, one way or the other, now that the combatants were at grim grips for the final round. The angler retreated gradually up the beach, purposeful and gracefully poised, responding to every taut vibration that shot through his bent bamboo. Came a crashing splash, spreading spray in every direction. "The end!" some of us said. It was – or very near it. We gaped in silence for a moment as a broad gleaming flank rolled over to port a few yards away. Colin was now well up on the shore and in a short time had the big fellow on the rim of the pool. Laying rod and stretched line quickly on the sand, he ran down to intercept any possible attempt at katabasis. Slipping his hands under rump and shoulder, he scooped up beyond a roll of weed on the tide mark a magnificent sea trout, which registered 5 ½ lb on the schoolmaster's spring balance.

I never forgot the withering look Colin gave those lads as they laid lumps of lead at his feet, prior to their rush to drift the worm. "You don't mind if I try for flukes now, when they are far enough away!" he growled at them. "I have beaten you on Birlinn every time, and I'll do it on the trout lochs; and I won't be forgetting tackle or your kindness!"

Of course, it was all in Gaelic; but that's just what he said – and meant. I knew him so well and guessed how he felt, for there wasn't one there whom he hadn't helped on some occasion, giving away hooks and gut strands when tackle broke in bottom tangle or other snag.

It was almost high water when we left Birlinn. As Colin and I walked away together, envious eyes followed us. He was very proud of his big fish, a cut of which became mine after he had displayed it in all its shapely beauty at home.

The master was a sterner man on Monday. Colin and I collaborated in arithmetic and happened to have in our results very similar mistakes. In punishment, he set us a list of stiff problems and scrutinised our jotters as we tried to solve them. Down his fist would come on our erring fingers now and again.

"Pity," he said "you're not as good at figures as you are at fishing!" Pity (we thought) he didn't shoot off his knuckles instead of his toes!

* * * * * * * *

At Bradan Manse that night it all came back so vividly - and more. 'You remember John - son of Donald - son of Murdoch? That is how Isles folk are identified among themselves. Patronymic and pedigree count for much where kinship is cherished to the seventh generation. It was octogenarian John who introduced us to Loch an Duin of the big brown trout. Before we ever fished, we were attracted by his piping, as he played martial music in the calm of sunset on a hillock overlooking the crofts. His pipes were old: his father had played them through the Peninsular War. Sir John Moore was often cheered by that same set that charmed us. John's mother (thirteen years before he was born) accompanied her husband through the Peninsula. How she carried water to the wounded under fire is still told at the peat-fire ceilidhs of our island. The hamlet they returned to got a new name and to this day it is called Corunna.

Colin and I acquired our superstitions from old John. If we met red-haired Rachel of the evil eye on our way to the water, we might as well go back home without wetting a worm. But we watched and avoided her. If we happened to step across our rods not a trout would come near us that day. I never got rid of that one: I still walk warily round my rod, pretending it's for the safety of the slender parts! It was lucky to swallow a live fly, so we often ran into a hovering hatch with open mouth!

We recalled a story John told us about the ancient fort on Loch an Duin. Long, long ago a chieftain of Harris had fallen in battle, leaving seven young sons whose existence thwarted the ambition of a scheming kinsman. The worried widow secretly found refuge for the boys in our Dun under the protection of Clan Donald. Searching the isles with a strong bodyguard, the enemy came to the loch one day. Clan Donald's wife kept the pursued orphans dressed as girls; and when the Harris men stepped on to the causeway, she brought the innocents out, calling them by their new names:

"Mach a seo sibh, Morag, Mairi, two Catrionas, Una, Sine, Seonaid! Out you go to gather cockles: the ebb is on."

As seven lassies filed out of the fort, the invaders retreated to make way for them. 'Morag' lived to succeed his father and had the pleasure of immuring the plotter in a dungeon.

John - son of Donald - son of Murdoch showed us where to fish. He had built rough piers at the best feeding runs, and would himself stand for hours casting his baited hook from the farthest stone, patient as a watchful heron. We followed in his wake, stepping on the stones he laid.

Sergeant Macdonald was another veteran of the worm. He was on the lochs most days of the season. Having served twenty-one years with the 93rd under Sir Colin Campbell, he had a pension and his row of medals, proud to have been one of the glorious Thin Red Line. Saighdear (soldier) - everyone called him - would set his rod, sit on the heather and, keeping an eye on the pointed cork riding the waves, he fought his battles o'er again. We campaigned through the Crimea with him; fought at Alma, Balaklava, Inkerman; and lined up in his company at the siege of Sebastopol. And then we went by troopship to India to quell the Mutiny. Saighdear one day heard the chaplain complain to the Commanding Officer about the men's swearing as they played on the main deck. He instanced:

"They are always using a nasty word beginning and ending with 'd'."

The C.O. replied apologetically, "Yes, by gad, they're damned rascals!"

Our big sergeant was the first man to charge through the artillery breach in the wall of Secunderabad. Relating the episode, he removed his cap to wipe his brow with a white-spotted red handkerchief (colours of the bonnet emblem his regiment had been honoured with to commemorate

Balaklava). The left corner of his forehead showed a round scar where the sword of a lurking Sepoy cut off a slice. "Did you do anything to his?" we asked. Saighdear sprang to his feet, picked up his Malacca cane, and demonstrated against a peat-bank how he bayonetted the enemy. He brought that sword home from India, and for the rest of his life it hung above the kitchen mantelpiece in his trim thatched cottage on the edge of the moor.

It was the old soldier who put the notion of flies into our young heads. Though he never possessed any himself, he assured us that the Sassenach (name applied to every angler who came across the Minch) had great success with them.

How we laughed as we recalled the purchase of those first flies! A year before we reached ex-Six in school, Colin was launched on Latin privately by his uncle, a young bachelor minister whose manse was near us. It was only by promise and payment of monetary rewards - convertible into fishing tackle - that my companion was persuaded to submit to the extra task. On a Saturday afternoon he ran over to our house, excitedly displaying two bright half crowns. I asked him how he managed to get so much. With a wink he replied:

"Uncle set me a written test and was surprised that I did so well. I don't think he knows there are grand helpful rhymes at the end of my Latin Grammar, like:

> Common are to either sex
> artifex and opifex,
> conviva, vatis, advena,
> testis, civis, incola ...

I memorised them all a while ago and they happened to fit some of the questions."

Colin repeated that verse so often that I still remember it.

Having found a tackle dealer's address in an old *Chambers's Journal*, we put out heads together to write an intelligible letter. 'Cuileag' was our word for a real live fly and also for the artificial variety. We doubted whether the bare translation 'fly' would be understood. Then we remembered a story the Dominie had once read out for a composition and memory test. It was about an angler whose sport was being spoiled by a guddling youth.

176

"Get out of it," shouted the fierce fisher at the groping fellow. "You ought to be ashamed of yourself, catching trout that way."

Came the reply: "My way is fair, they ken I'm after them. You're trying to cheat them with sham flies!"

That's the word: put it down, said I. The important order ran: 'Dear Sir, please send two reels and as many sham flies as you can for 5/- postal order'. In a few days the parcel arrived - two reels to delight the heart of any boy, and a surprising assortment of gorgeous, glittering creations with fancy names. Sham they might be, but so irresistibly attractive as to lure many trout to their doom. So ended our worming days.

I reminded Colin that it was a Soldier Palmer he pounced on first; that almost every cast he mounted for years carried that fly on the bob; that no wonder!

He stopped me short, reminding me how I nearly drowned myself on a flying visit to Vausary River the day our precious package was delivered. It happened like this.

We started fishing about five hundred yards apart and were to meet again half way, at the deep Loop pool, where sea trout might be resting after the Lammas spate that was just subsiding. Fishing my beat too rapidly to catch anything, I reached the Loop before Colin and was soon playing a good fish. To pull it on to a patch of gravel, I reversed on that perilous peninsula, unconscious of the steep bank behind me. Down I went, head first, with a deafening, blinding splash, swallowing much brown water; but the stout bamboo, which I still held in a desperate grip, helped me to my feet again. As I scrambled up the bank, dripping like an exhausted waterfall, I saw my first sea trout (over a pound) shining in the setting sun, dancing among tufts of rushes and iris, still clinging to my Butcher. Colin heard the commotion and, coming in sight as I emerged from the deep, shouted,

"In the name of Neptune! Where have you come from?"

* * * * * * * * *

So reminiscence went on. The long vacations of our halcyon student days held choicest memories. We talked of fruitful evenings on preserved waters with Duncan, veteran hotel gillie, so addicted to Bogie Roll, a quarter pound of which cost us only a shilling; that, and a good fish at the parting was tacit covenant and ample reward. The proprietor generously let us on as soon as the wagonette picked up his guests for punctual dinner. The best of the day and the bargain was ours, with the accompaniment of Duncan's Gaelic stories. His repertory included tales ancient and modern. His circle of acquaintances was wide and cosmopolitan, comprising statesmen, city magnates and representatives of every profession, all of whom he knew in their off-duty garb and in frankest human form. Lord Sands was a seasonal client of his. One July of abnormal drought from beginning to end, his lordship had returned each evening with an empty creel (excepting some unappreciated brownies). Duncan had rowed him patiently over Loch Gealag the last day of the month, covering the most renowned drifts repeatedly, for the distinguished angler was to embark for Edinburgh that night. Their perseverance proved ineffective, though a welcome downpour which revived hope and broke the long silence of the vital rivulet had driven them in the afternoon for two hours' shelter on an islet thickly topped with willow and elder. His lordship had already settled the hotel bill, but there was baggage to collect, and the mailboat would leave on scheduled time. So Duncan set course for the jetty. As the fisher reeled up to dismantle his gear, the unexpected happened: a lively fish was hooked, well played and taken aboard. After a deft application of the priest, Sands held up a very fresh-run five-pound sea trout and sadly said to the gillie,

"That fish cost me £100."

"Ach, then," retorted Duncan, "you're tamn lucky you didn't catch another!"

Pity he couldn't have extended his stay for a day or two: Colin and I had great sport on Loch Gealag as the S.S. Cygnet was heading into the Minch.

* * * * * * * * *

At Bradan Manse that night recapitulation of the years missed little of moment. Together we had strolled along the pleasant paths of peace, and looming now before us was the parting of the way. We were grown up and for each was waiting his career. There were stirrings in the heart, intimate, and soon to bring to three young lives a crisis most decisive just before the world was shaken into sudden catastrophic change.

It was our last long vacation, back in our native isle. Colin's course at the Divinity Hall was nearly now complete. Word went round that he was to preach on Sunday in the old kirk on the machair close to the Atlantic surge. Catriona, a lovely maid emerging from her teens and home from college, would be there. Colin was in love with her, and so was I – we just couldn't help it. We played fair at the fishing – our hearts were in it. Much more tenderly were they dedicated in the lists of love; and we could not but be true to her and to ourselves. I had a premonition: Colin always won at the angling game. He was the big fisherman, so handsome and so winsome.

The Parish Church was full that fine summer Sunday. I sat where I could see Catriona. Her fair head was bowed in prayer, that light of heaven on her lovely face, as Colin stepped into the pulpit. Facing his ain folk, the old Dominie (now retired to a picturesque cottage on a prominent knoll halfway between the winding bay and the hill lochs), the boys of Birlinn who had stayed on the ancestral crofts and others who had shared our youthful pranks and ploys, he needed her intercessions at the Throne, I thought.

Of all the texts spread for him throughout the Book, he chose one to startle us – 'I go a-fishing'. I cast an anxious glance in query at Catriona. Her blush seemed like a sunrise searching a waking world in intimate concern. As the preacher repeated his text, 'I go a-fishing', I heard a man in front of me whisper to his neighbour: "Does he ever go anywhere else?" I looked around on a smiling audience. I smiled too, God forgive me, I smiled with the rest.

But Colin was as cool and calm in the pulpit as he was that memorable day on Galley pool. After sketching skilfully the Galilean scene, he indicated why the Master chose those ordinary folk to be fishers of men, accepting the rough material for the founding of the universal Church: that they possessed the primary essential – consciousness of God's presence everywhere, in storm and calm; reliance on Omnipotent love; readiness to share and willingness to learn. Conforming to the will Divine, obedient to His command, they launched out into the deep again and learnt the wondrous working of the better way. "Cast from the starboard beam," he said. They were on the right side of their job at last; and soon their failure in the gloom gave way to morning miracle.

In passionate appeal that vibrated like music through the church, Colin ended on this note. The man of Nazareth is the Master mariner of all life's ways, and He will sign any of us on. The awkward barrier we've built between the sacred and the secular He breaks down, sanctifying home, labour, leisure, love. He claims admission to it all – croft, craft and kitchen – and in the radiance of His presence service and self-giving … broken, ordinary things become the sacramental. In joyous and triumphant comradeship with Him, we cannot fail. To make the implication of his message real to us, the preacher told about a comely maid who sat in the sunshine beside her home day after day sewing yards and yards of silk. A neighbour one afternoon stopped in the passing by and said:

"How tiring and monotonous that task must be!"

"No, no," replied the smiling girl. "It's my wedding dress."

Every stitch she put into it symbolised for her a loving thought. So love can for us all transform the common task.

The service ended with the singing of a Gaelic psalm, the congregation following the old precentor's harmonious chanting of the line ('Why art thou then cast down, my soul? What should discourage thee? Still trust in God …'). All waited on the sand dune near the church door to shake the student preacher's hand.

Another change was noticeable now in Colin. Something most unusual for him, he was often missing when the evening rise was on, when Soldier Palmer or almost any fly would take. He spoke more of the fragrance and profusion of the machair flowers and wandered off on quiet and peaceful walks. I guessed he did not walk alone. One fine evening I met Catriona on her way to keep tryst with him. To end all doubt, I put the question straight to her:

"How is it now between us three?"

"Won't we always be good friends, big brother?" she sighed. "My heart went out to Colin that Sunday he told the story of the wedding dress. I felt a chord I could not resist drawing my heart to his, and I gave him all of mine … to have and to hold; to love and to cherish, till …"

There was a sob in her voice; and I would not for the world continue to annoy her. Clasping her hand, I said submissively, reverently,

"Thank God for … friendship. *Quis separabit?*"

As I turned away, I could barely suppress the thought that if Colin had never existed, sweet, bewitching, beautiful Catriona would assuredly be mine forever.

In the days that followed there was little tension. I did not intrude, but I tried to share their happiness. One day she charmingly begged me to do her a favour and select a gift that would prove a pleasant surprise for Colin on his birthday. I did. When she saw it – a compendious tackle case containing, with accessories, many transparent lure compartments – she exclaimed,

"How lovely! What's the name of the only fly in it?"

I replied, "That's the surprise. You'll be hearing the name, often enough, after you two have made the long-splice."

* * * * * * * *

That night at Bradan Manse the years rolled back like pages in a treasured album, holding in fadeless folds scenes and folk just as they were. We talked without restraint; yet whiles we lingered with some tender thoughts, content in mutual understanding to leave them unexpressed – in silent pause.

When Catriona served tea, I thought I sensed a tremor in her slender hand as she passed me a cup. She noticed Colin's tackle box (now somewhat bashed and tarnished) resting on my knee, for we had been talking flies.

When his wife had wheeled the tea trolley away, Colin continued to expound some of his pet theories and to laud the joys of the sport incomparable.

"What a glorious sense of wellbeing it gives one! If you stick to it, you ultimately become a Hezekiah, adding fifteen years to your life and, maybe, win some title, such as Soldier Palmer!" He laughed heartily. "I don't quite understand this nomenclature. As a matter of fact, it was not my great killer. My fail-me-never was an adaptation of another pattern in two variant dressings and, of course, a few sizes to suit different conditions. Let's call it 'Anon'. It built up a basket for me many a time when none other could move a fish."

"Why did you do it?" I asked. "Why did you lead others up the garden path? Wasn't it amoral, a denial of the code we set ourselves when we bought our tall bamboos?"

"Blame, if you like, the boys of Birlinn for my idiosyncrasy. They hit me on the raw that day," he said. "I vowed that none of them would ever excel me at this game; and I began to keep some secrets to myself. But I told no lie, black or white, when any of them sought advice. I simply and silently produced a Soldier Palmer, and they rose to it like greedy trout! Mind you, it's good in certain conditions of light and water. Now that I am far from our paradise, dwelling where rivers run and dealing only with *Salmo salar* – never a match for our heft sea trout – it's another fly, Hairy Mary, I pass on. It's as good as any other. Anyway, its gender will protect me!"

It was very late when I rose to go. The Manse appeared to have fallen into deep slumber, excepting that wakeful Minister. Off a peg in the hall he picked an old Harris tweed cap, swarming with flies: Peter Ross, Butcher, Zulu, Heckham, Pennell, etc., with a Soldier Palmer and a new Hairy Mary fixed prominently at the top. I took it in my hand, to examine the lot, before he placed it on his greying head; but I could not trace 'Anon'.

"Wasteful way of carrying them," he remarked. "But that old cap has brought me many introductions that enriched the bond and exercise of the gentle art."

He accompanied me a short distance down the avenue. We shook hands warmly, pledging to meet again on Birlinn and the lochs of *Tir nan Og*. When I had proceeded a few yards I turned and saw him raise his right hand, thumb up, a few inches above his shoulder and make an accurate cast, as he waded into the stream of light flowing through the open door. He laughed and shouted,

"Good old Soldier Palmer!"

From an open upper window, like a muted echo came a ripple of musical laughter. It was Catriona. In the light of a galaxy of winking stars, she had at last read the riddle of the solitary fly in the heart of her first gift to Colin.

Bibliographical Notes

BIBLIOGRAPHICAL NOTES

Sgeulachdan Ghàidhlig

Mac an t-Sionnaich:

Bha an sgeulachd fìor, ach bha na h-ainmean air atharrachadh agus chuir mi ann an t-ainm ceart aig an fhear a dh'inns an sgeulachd. Bha Dòmhnall Iain Shandaidh a' fuireach ann an Stadhlaigearraidh, Uibhist a Deas. Chuala mise an sgeulachd bho Dhòmhnall Iain cuideachd. Bha àite aig Mac an t-Sionnaich faisg air Hunndaidh agus chaidh mi an sin anns na seachdadan. Rinn mi a-mach gur e am mac aig Mac an t-Sionnaich a bha ga ruith agus thuirt e gun robh athair beò fhathast aig aois ceud bliadhna agus a' fuireach ann an Obar Dheathain. Bha e air a chraoladh air a' BhBC. air an 9mh latha den Ghiblean, 1959. Bha an sgeulachd anns an leabhar, *Rosg nan Eilean*, 1966. Bha e air fhoillseachadh ann an *Gairm*, An t-Earrach, 1997.

Bealach na Comraich:

Bha e air a chraoladh air a' BhBC, air an 12mh latha den Lùnastal, 1957. Bha e air fhoillseachadh anns *An Gàidheal*, An Cèitean, 1958. Bha e air fhoillseachadh ann an *Gairm*, An Geamhradh, 1996.

Clach air a Chàrn:

Bha e air a chraoladh air a' BhBC air 11mh An Cèitean, 1956. Chaidh fhoillseachadh anns *An Gàidheal*, An Dàmhair, 1959. Bha e ann an *Gairm*, An Geamhradh, 1997.

Am Fear a Chaidh do Heisgeir:

Bha e air a chraoladh air a' BhBC, air 15mh den Lùnastal, 1954. Bha e air fhoillseachadh ann an *Gairm*, An Samhradh. 1998.

Maighstir Dòmhnall:

Bha e air a chraoladh air a' BhBC. Air fhoillseachadh ann an *Gairm*, An Samhradh. 1998.

Thachair E:

Bha e air a chraoladh air a' BhBC, agus chaidh fhoillseacdadh ann a *Gairm*, An Geamhradh, 1998. Fiosrachadh: Bha m' athair a' cleachdadh Peighinn-na-Fadhla an àite Beinn na Faodhla. Bha e am beachd gun tàinig an t-ainm Benbecula bho peighinn a' ciallachadh farsaingeachd de fhearann agus fadhail.

Leigheas gun Chungaidh:

Bha e air a chraoladh air a' BhBC, agus air fhoillseachadh ann an *Gairm*, An t-Earrach, 1999.

An t-Iongadh bu Mhotha:

Bha e air a chraoladh air a' BhBC, air 5mh den Fhaoilleach, 1967. Bha e air a chraoladh air a' BhBC, Chaidh fhoillseachadh ann an *Gairm*, An Samhradh, 1999.

Mo Sgoil, mo Chompanaich 's mo Chù:

Bha e air fhoillseachadh ann an *Gairm*, Am Foghar, 1999.

Cuireideas Cùirte:

Bha e air fhoillseachadh ann an *Gairm*, An Samhradh, 1955 agus An Samhradh, 2000.

A' Chuairt Rìoghail:

Bha e air a chraoladh air a' BhBC air 31mh den Iuchair, 1956 agus air fhoillseachadh ann an *Gairm*, Am Foghar, 2000. Cha deach taighean a thogail air an Gearraidh-Fliuch, ach tha "Radar Station" air Ruaidhbhal os a choinn.

Is Math an t-Annlan an t-Acras:

Bha e air a chraoladh air a' BhBC. air an t-6mh latha den Mhàrt, 1956. Bha e air fhoillseachadh ann an *Gairm*, An Geamhradh, 2000. Nuair a sguir *Gairm* a bhith ga fhoilleachadh anns Am Foghar 2002, bha cruinneachadh againn ann an Glaschu a' comharrachadh leth-cheud bliadhna de *Ghairm*. Thagh An t-Oll. Dòmhnall E. Meek an sgeulachd ghoirid seo mar an rosg a b' fheàrr a leugh e ann an *Gairm*. Thachair seo anns an Iuchar 1903 Bha m' athair a' tilleadh dhachaidh às dèidh bliadhna ann an `Ard-Sgoil Rìoghail Inbhir Nis.

An Toir Dualchas Buaidh:

Bha e air a chraoladh air a' BhBC, air an 18mh latha den Iuchar, 1956. Bha e air fhoillseachadh anns *An Gàidheal*, An Lùnastal, 1958, agus ann an *Gairm*, An Samhradh, 2001.

Seasaidh Bhaile Ràghnaill:

Bha e air a chraoladh air a BhBC. 12mh an t- Samhain, 1959. Bha e air fhoillseachadh ann an *Gairm*. An t-Earrach, 2002.

Bàrdachd Ghàidhlig

Duan Callaig:

Sgrìobhte: 16mh An Dùbhlachd, 1934. Bha e air fhoillseachadh anns *Na Duilleagan Gàidhlig, Life and Work*. Am Faoilleach, 1935. Bha e air fhoillseachadh anns *An Gaidheal*, Am Faoilleach, 1941. Bha e air fhoillseachadh ann an *Gairm*, An Geamhradh, 2001.

An Luchag Ghlas:

Sgrìobh m' athair an duan seo do mo phiuthar as sine, Anna. Bha i còmhla ris an uair a chuala iad sporghail anns a' bhalla. "Dè tha siud, Dadaidh?" dh'fhaighnich i. "Tha luchag ghlas," fhreagair e. "Siuthad Dadaidh can an ann am port e". Sin a rinn e. Bha seo mu 1932. Bha e air fhoillseachadh ann an *Gairm*, an t-Earrach, 2001.

Òran-molaidh Mnà:

Sgrìobh m' athair a' bhàrdachd seo airson mo mhàthar, air an 20mh latha den t-Samhain, 1934. Bha e air fhoillseachadh anns *An Gaidheal*, agus cuideachd anns an leabhar, Am Feachd Gaidhealach, a dh'fhoillsich *An Comunn Gàidhealach* ann an 1944. Bha e ann an *Gairm* , An Geamhradh, 2001.

Òran (Air Fonn "Cabar-Fèidh"):

Sgrìobh m' athair an t-òran seo nuair a bha dragh air mu shlàinte. Bhiodh ceann goirt aige agus thuirt an lighiche, Dr Paterson, gun robh am bruthadh-fala aige cho àrd is gun e sin a bha ceàrr agus thug e leigheas dha airson sin, ach dh'fhàs e caol agus nas miosa. Rinn e suas inntinn a dhol a Ghlaschu a dh'fhaicinn chàirdean agus cuideachd an Dotair Dòmhnall MacMhanainn a bha na oileanach còmhla ris ann an oilthigh Ghlaschu. Rinn e an t-òran às dèidh a bhith a' cèilidh air Dòmhnall. Chaidh a sgrìobhadh air an t-siathamh latha deug den t-Samhain, 1934. Bha e ann an *Gairm*, Am Foghar, 2001.

Òran do Phrionnsa Teàrlach:

Chuir m' athair an t-òran seo anns *An Gàidheal*, anns a' Mhàrt, 1941. Tha e ag ràdh gun cuala e gu math tric e an uair a bha e na bhalach, bean chòir a' seinn an òrain mar gum b' ann le Fionnghal NicDhòmhnaill don Phrionnsa a bha e. Ghabh am fonn a leithid a ghrèim air agus gun do lean e ris riamh on uair sin, ach chaidh an t-òran fhèin glan às a chuimhne ach a' chiad dà shreath den chiad rann agus an t-sèist. Dh'fheuch e thall 's a bhos ach am faigheadh e cuideigin aig am biodh cuimhne air an òran, ach a dh' aindeoin is na rinn e, cha d' fhuair e duine aig an robh e. Rinn e fhèin an uair sin a' chuid eile den òran seo airson an fhuinn. Sgrìobh a' Bh-uasl Ethel Bassin, a bha a' teagasg ceòl ann an sgoiltean Na Hearadh is Uibhist is Bharraigh, am fonn ann an sol-fa. Tha am fonn neo-chumanta agus air leth drùidhteach agus taitneach.

Òran do Sheòras Gallda:

Sgrìobh m' athair an t-òran seo do Sheòras Marjoribanks. Bhiodh e a' tighinn a h-uile samhradh a dh'Uibhist a dh'iasgach agus bhiodh e a' fuireach còmhla rinn. 'S e Seòras Gallda am far-ainm a thug Seòras Marjoribanks air fhèin. Rugadh e anns a' Ghalltachd agus chaidh e a dh'obair dha na h-Innsean ann an 1899 ann an seirbheis na coilltearachd. Dh'èirich e suas gu bith os cionn na seirbheis. Leig e dheth a dhreuchd ann an 1927 agus thill e a dh'Alba agus cheannaich e oighreachd bheag ann an Earra-Ghàidheal. Bha ùidh mhòr aige ann an Gàidhlig agus anns a' Ghàidhealtachd agus dh'ionnsaich e a' Ghàidhlig gu math sgiobalta. Bha e na bhall den Chomunn Ghàidhealach agus fhuair e trì de phrìomh dhuaisean a' Mhòid. Ann an 1931 chaidh a chrùnadh na Bhàrd a' Chomuinn. Nuair a chaidh Comunn na h-Òigridh a chur air bhonn ann an 1932, ghabh e fo a sgèith e. Bhiodh e a' dol mu chuairt na dùthcha a' brosnachadh na Gàidhlig am measg an òigridh. Chaochail e anns an Lùnastal, 1940. Bha Òran do Sheòras Gallda anns *An Gàidheal* anns an t-Sultain, 1940.

Òran don Urramach Calum MacLeòid:

Ceann-suidhe a' Chomuinn Ghàidhealaich. Bha e na Cheann-suidhe eadar 1938 agus 1946.

An Geamhradh:

Bha e air fhoillseachadh anns *An Gàidheal*, An t-Samhain, 1940. Bha e air fhoilleeachadh anns *Na Duilleagan Gàidhlig*. An t-Ògmhios, 1946. Bha e air fhoillseachadh ann an *Gairm*, Am Foghar, 2001.

Tha Cuimhn' Agam:

Chaidh seo a sgrìobhadh anns na trì ficheadan. Bha e ann an *Gairm*, Am Foghar, 2002.

Sgiathan na Maidne:

Bha e air fhoillseachadh anns *Na Duilleagan Gàidhlig*, An Giblean, 1936.

Laoidh Nollaige:

Bha e air fhoillseachadh anns *An Gàidheal*, An Dùbhlachd, 1940. Bha e air fhoillseachadh anns *Na Duilleagan Gàidhlig* cuideachd. 'S e am fonn "Eilean an Fhraoich" a chur m'athair air. Chaidh fonn eile a sgrìobhadh dha leis a' Bhean-uasal, Bean Choinnich 'ic. Leòid sa Chananaich. Bha sin anns *An Gàidheal*, Am Faoilleach, 1941.

Ùrnaigh Fheasgair:

Sgrìobh m' athair an ùrnaigh seo aig deireadh a' chogaidh ann an 1945. Chaidh fhoillseachadh anns *Na Duilleagan Gàidhlig*.

English Poems

Dawn!

Composed on 29th September, 1934. Published in *Chamber's Journal* in November, 1934.

Exit Murdo

The subject of the poem was Murdo, the head gamekeeper on South Uist estate, who was retiring after 50 years. An event was held to mark the occasion and the author composed this poem and read it at the event. John was the gamekeeper who was to take over from Murdo. Composed on 28th May, 1935. The poem was published in the *Shooting Times* on 3rd August, 1935.

I Love the Sea

Published in *Chamber's Journal*, in November, 1935.

The Club Dinner

Published in the *Fishing Gazette,* on 23rd February, 1935.

Sanguivolent

Published in the *Fishing Gazette,* on 9th February, 1935.

The Weather – A Song

Composed on 23rd October, 1934.

Magic Mirror

Published in *Chamber's Journal*, in December, 1935, as Magic Mirror.

Smooring the Peat Fire

Composed on 11th December, 1934.

Just Bog-Myrtle

Composed on 11th December, 1934.

Sunrise O'er the Hebrides

Note by poet:
Time: Early morning.
Standpoint: Summit of *Ruaidhbhal*, South Uist.
This little poem was composed at sunrise, and is as spontaneous as the scene that inspired it. As the morning advances, the reflected

calm of dawn gives place to white-caps and splashes of blue and gold; while a magnificent cloud effect on the horizon suggests the royals and top gallants of a phantom ship bellying to the singing breeze sleek with the molten light.
Composed on 6th September, 1935.

The Skerry

Composed on 28th March, 1935.

Note change of title and additional verse added.

Where Creation in her travail
Heaved a sigh that froze to rock,
Rearing bastion midst the billows
To withstand eternal shock;
Where the surge of seething waters
Quenched the brimstone of the plain,
And the sea-foul found a footing
On the bosom of the main:
Stands a giant in the darkness,
Breathing breath of liquid fire,
Peering thro 'the gloom of night
Till dawn of morning light
And the lurking shades of peril all expire.

Reconstruction, or a Slip and a Grip

Composed on 11th October, 1934.

Aspiration

Composed on 24th November, 1934. Published in the *Life and Work,* the Magazine of the Church of Scotland, in March, 1935.

Prodigals All

Not previously published.

Blessings

Not previously published.

A Parson's Wedding Anniversary

Not previously published.

Dust and Destiny

Not previously published.

English Short Stories

Donald and the Drovers

Published in *Chamber's Journal*, in September, 1955. In October 2005 the story was chosen by Oxford University Press to be adapted and included in a book of Scottish Short Stories for English Language Teaching purposes for sale worldwide. This story appears in a shorter version in the first part of his Gaelic Story, *Thachair E.*

Dougie's Brose and Bonaparte

Published in *Chamber's Journal*, in June, 1956. This story is the same as his Gaelic Story, *An t-Iongnadh Bu Mhotha.*

Nut-brown Morag

This story appears in a shorter version in the second part of his Gaelic Story, *Thachair E.*

Witchcraft-wise

The Rev. Ewen Campbell was minister in Benbecula when my grandfather on my mother's side was born in 1859. He was

Ewen Campbell Mac Rury and is named after the minister. This story is a shorter version of his Gaelic Story, *Leigheas gun Chungaidh*.

Memories

Seoc-an-Oir is mentioned at the end of the Gaelic Story, *Mo Sgoil, Mo Chompanaich 'S Mo Chu*. The last three stories were the last he wrote and were not published.

Soldier Palmer

This story was written in 1956 but has never been published before.

www.ingramcontent.com/pod-product-compliance
Lightning Source LLC
Chambersburg PA
CBHW070506260626
47161CB00004B/1469